Hart an der Gretzn!

Essays für alle Lebenslagen 3
von Günter Leitenbauer

Die Schlange am Umschlagfoto wurde im Reptilienzoo Nockalm mit freundlicher Unterstützung von Peter Zürcher (Inhaber) aufgenommen. Dieser Zoo in der Nähe von Bad Kleinkirchheim in Kärnten ist immer einen Besuch wert!

www.reptilienzoonockalm.at

Vorwort des Autors

„Was bitte, lieber Günter, soll dieser Titel denn jetzt bedeuten?"

Ihr habt schon bemerkt, dass das eine erfundene Frage ist. Kein Mensch, der mich näher kennt, nennt mich *„lieber Günter"*, meine Mutter mal ausgenommen. Die meisten nennen mich eher *„Oh mein Gott!"* oder *„Pfffffff!"* Und warum ist das so? Weil ich eine „Gretzn" bin. Das ist ein österreichisches Dialektwort und bedeutet in etwa „unartiges Kind", „Lausbub", „lästige Wanze", etc. – ihr wisst, was ich meine.

Ich bin aber nur fast eine Gretzn. Eben hart an der Grenze dazu, und jetzt sollte der Titel dieser Geschichtensammlung klar sein. Hoffe ich. Wenn nicht, dann müsst ihr euch die Frage gefallen lassen, ob ihr in intellektueller Hinsicht das richtige Zielpublikum für dieses Buch seid. Was schon wieder frech war, vielleicht bin ich also tatsächlich eine Gretzn. Ich werde da wirklich mal in mich gehen müssen. Davor fürchte ich mich immer. Aus Angst, mich in diesem Irrgarten zu verlaufen und dann nicht mehr herauszufinden aus mir.

Die Ängste eines Menschen können vielfältig sein (Ängste, hm, da könnte man eine Geschichte schreiben dazu … siehe gleich das erste Essay in diesem Buch).

Ja, genau so komme ich auf die Ideen zu meinen Geschichten. Ich quatsche vor mich hin, da fallen Begriffe, und auf einmal weiß ich: Zu diesem Begriff wird ein Essay fällig! Anders formuliert: Wäre ich stumm, gäbe es wohl auch keine Bücher von mir. Überlegt euch also genau, wenn ihr mir das nächste Mal ratet, ich solle mein Schandmaul halten. Das würde ich persönlich nehmen und übersetzen in: *„Schreib bitte kein Buch mehr!"*

Es ist jetzt aber nicht so, dass ich in meinem Leben je viel auf das gegeben hätte, was man mir riet. Ich war schon immer ein furchtbarer Sturkopf, bin gerne mit dem Kopf durch die Wand (das wäre auch eine Geschichte wert) und bin häufig angeeckt. Ich glaube – und das ist jetzt so ziemlich der einzige Satz in diesem Buch, den ihr wirklich ernst nehmen dürft – man kann im Leben nur glücklich sein und sich verwirklichen, wenn man nicht davor zurückscheut, auch mal anzuecken. Was jetzt nicht heißen soll, dass man grundsätzlich und immer dagegenreden soll, da wäre man ein Querulant, und ich kenne keinen wirklich zufriedenen und glücklichen Querulanten. Aber wo es nötig ist, sollte man Konflikten nicht ausweichen, sonst ist man einfach nur eine Luschn.

Auch Chauvinismus und Sexismus hat man mir schon unterstellt, genauso wie ein pseudointellektueller Feminist zu sein. Ich wurde als Rechter, als linksgrünversifft, als Kapitalist und als Kommunist und als neoliberal verunglimpft. Vermutlich liegt die Wahrheit da überall in der Mitte, und ich bin all das ein wenig und das meiste davon gar nicht.

Auf Deutsch: Ich stehe in der politischen Mitte und bin deswegen ein Außenseiter. Heutzutage hat man einfach zu einem Lager zu gehören und alles vom anderen Lager böse und schlecht zu finden. Nachzudenken und sich zu einzelnen Themen mal mehr auf die eine oder mehr auf die andere Seite zu schlagen, das ist höchst suspekt. Und dann noch solche Geschichten zu schreiben, in denen man ohne große Mühe Argumente für jede der obigen Anschuldigungen (oder auch welche dagegen) finden kann …

Kurz: Ich fühle mich in meiner Haut pudelwohl.

Meine Lektorin nennt mich manchmal „Lästwanze". Damit hat sie bedingt recht. Ganz Recht hätte sie mit „Lästerwanze". Wenn ihr in diesem Buch noch Fehler finden solltet, trägt übrigens dafür nicht sie die Schuld, sondern ich. Aber dafür, dass ihr vermutlich nur wenige Fehler finden werdet, ist sie maßgeblich verantwortlich. Danke Doris!

Vorwörter sind ein wenig das Vorspiel zu einem Buch. Man liest sie, um sich darauf einzustimmen, aber zum Höhepunkt kommt man erst später. Und weil ich ein Mann bin, halte ich dieses Vorspiel jetzt kurz und wünsche euch viel Spaß!

Günter Leitenbauer, Oktober 2018

Inhalt

„Denn ich bin nichts,
wenn ich nicht lästern darf."

William Shakespeare
(1564 – 1616)

Ängste

Ich bin müde, und mir schwirrt der Kopf. Mein Chef hat mich zu einem Gesprächstraining zwangsverpflichtet, nachdem ich ihm einen wichtigen Kunden vergrämt hatte. Ich war also die ganze Woche einkaserniert. Seminarhotel nannten sie das, aber das war ein Gefängnis. Am Montagmorgen mussten wir bei der Anreise die Mobiltelefone abgeben. Jeden Tag mittags durften wir sie für fünfzehn Minuten haben, um die wichtigsten Nachrichten zu lesen und zu beantworten, aber den Rest der Zeit waren wir vollkommen von der Außenwelt abgeschnitten. Kein Internet, kein TV, kein Radio, keine Zeitung. Wenn da draußen Kim Jong Un oder Donald Trump einen Atomkrieg entfacht hätten, wir hätten es in dieser Burg in den Alpen nicht mitbekommen.

Aber jetzt ist das überstanden, und im Prinzip war das sogar recht interessant. Ein wenig neurolinguistische Programmierung, ein wenig Verhandlungstraining und natürlich Unterweisung in der hohen Kunst, einen Gesprächspartner fertigzumachen. Ich zapfe mir gerade ein Bier aus der Flasche (es gab dort auch keinen Alkohol) und mache es mir auf meinem Lieblingsplatz auf meiner Lieblingscouch vor meinem Lieblingsfernseher bequem, als es an der Haustüre läutet. Man kann günstigere Momente finden, mich zu stören, aber ich mache trotzdem auf.

„Guten Tag, darf ich Ihnen eine Frage stellen?", wartet der ältere Herr gar nicht darauf, dass ich ihn frage, was er an einem Freitagnachmittag von mir will.

„Das haben Sie gerade getan, und eine Antwort wäre sinnlos, weil Sie die Frage ja schon gestellt haben.", erinnere ich mich an das, was wir

12

diese Woche gelernt haben: Genau zuhören und wörtlich nehmen, wenn man jemanden aus der Ruhe bringen will.

„Äh, wie bitte?"

„Sie wollten nur EINE Frage stellen, das war jetzt bereits die zweite. Sie sollten sich schon vorher überlegen, was Sie von mir möchten, ehe Sie mich stören!"

„Das war ja nur eine rhetorische Frage.", fasst sich der Herr im abgetragenen Anzug schneller als ich gedacht habe.

„Warum haben Sie dann nicht gefragt, ob Sie mir eine rhetorische und eine faktische Frage stellen dürfen?", kontere ich.

„Sie sind nicht sehr kooperativ, nicht wahr?", wird er jetzt keck. Darauf habe ich nur gewartet.

„Das war jetzt eine Frage und eine Feststellung kombiniert. Nebenbei schon die dritte Frage. Dabei wollten Sie doch nur eine stellen!"

Er läuft schon rot an. Noch ist es zwar ein zartes Rosa, aber ich merke, dass er sich schon beherrschen muss.

„Die Frage, die ich Ihnen stellen wollte ist: Haben Sie Ängste?"

Ah, er versucht das langsam auf die emotionale Ebene abgleitende Gespräch wieder auf die Sachebene zu ziehen. Nicht mit mir, Freundchen! Die Kunst dabei ist, nicht selbst emotional oder ausfällig zu werden, sondern das ihn erledigen zu lassen. Und selbst keine Fragen zu stellen, wenn man nicht will, dass das Gespräch in Gang kommt.

„*Eigentlich faszinierend, dass Sie vier Fragen brauchen, bis Sie mir die eine stellen, die Sie mir eigentlich stellen wollten. Nein, ich habe keine Ängste.*"

„Jeder Mensch hat Ängste!", stellt er im Brustton der Überzeugung fest, weil er jetzt endlich (und das erste Mal in diesem Gespräch) das Gefühl hat, sich wieder auf gewohntem Terrain zu bewegen. „*Man muss sich dieser Ängste nur bewusstwerden und sich ihnen stellen.*"

„*Nun, dann gibt es genau zwei Möglichkeiten: Entweder bin ich kein Mensch oder Sie irren sich. Da ich ersteres ausschließe, trifft in meiner Wahrnehmung zweiteres zu und ich wünsche Ihnen noch einen erfolgreichen, von weiteren Irrtümern freien Tag!*"

Tür zu, zurück zur Couch. Diese Heiligen der letzten Tage, Zeugen Jehovas oder von mir aus Scientologen sollen sich ein anderes Opfer suchen. Ich suche mir jetzt einen guten Film.

Ängste.

Habe ich wirklich keine? Jedenfalls keine, die mich belasten. Aber im TV läuft nichts Gescheites, normalerweise schau ich ja am Nachmittag nie, und beim Durchzappen weiß ich auch, warum. Nichts gegen Barbara Karlich, aber da kannst du Ängste bekommen um die Zukunft des Landes, wenn du siehst, wie dämlich sich ihre Gäste in aller Öffentlichkeit präsentieren. Vermutlich, weil sie tatsächlich so dämlich sind. Wer sonst würde schon freiwillig auf einem Stuhl vor einer Kamera Platz nehmen und in einer Mischung aus Favoritner Dialekt und gequälter Hochsprache voll von vergewaltigten Dativen darüber referieren, warum er seine Frau betrogen hat oder wieso sein Hund in seinem Bett schlafen darf?

Also google ich ein wenig am PC nach „Phobien". Und traue meinen Augen nicht. Vor was man sich alles fürchten kann! Ich mache mich da jetzt keineswegs lustig, ich wundere mich nur.

Arachibutyrophobie. Da steigt sogar Winwords Rechtschreibprüfung aus. Die Angst, dass Erdnussbutter im Gaumen kleben bleibt. Mir wird ein wenig klarer, warum ein Volk Donald Trump wählen kann. Wenn man schon vor dem Frühstück Angst hat …

Zur *Koumpounophobie* (ich habe KEINE Ahnung, wie man das aus-spricht) gibt es sogar eine Website. Was das ist, da würde ich bei der Millionenshow das Geld nehmen und mich nicht einmal trauen zu raten. Angst vor Knöpfen. Nein, nicht die Buttons in Windowsanwen-dungen, das verstünde ich ja noch, damit habe ich meine Studenten gequält, bis sie geweint und um Gnade gewinselt haben. Es geht um Angst vor Knöpfen an der Kleidung. Ich habe mir mal beim Pinkeln den Schniedelwutz im Reißverschluss eingeklemmt und kann euch versichern, das wäre bei Knöpfen nicht passiert. Also die Angst ver-stehe ich nicht.

Hingegen verstehe ich *Trypanophobie* völlig. Die Angst vor Spritzen. Schließlich ist das (und nicht das Buch „Wir Kinder vom Bahnhof Zoo") der Grund, warum ich kein Junkie geworden bin. Plötzlich reißt es mir eine Erinnerung aus längst vergangenen Zeiten in die CPU. Zivildienst am AKH Wien. Wir wurden geimpft gegen alles Mögliche, aber das ging ja noch. Viel schlimmer waren die Krankenschwestern (so sagte man früher zum Pflegepersonal). Wenn denen fad war, üb-ten sie das Blutabnehmen. Nein, nicht an sich, dafür waren wir Zivis da. In der Disco bei uns war am Donnerstag immer „Kranken-schwesternabend". Meine Freunde sagten, dass man da gar nicht so hässlich oder blöd sein konnte, keine abzubekommen. Ich bin aus lauter Angst nach dem Zivildienst trotzdem an Donnerstagen nie mehr tanzen gegangen. Gänsehaut, schnell weiterscrollen!

Johnny Depp soll angeblich an *Coulrophobie* leiden. Das ist die Angst vor Clowns. Kann ich auch verstehen, ich habe „ES" von Stephen King mehrmals in Deutsch und im Original gelesen. Aber Johnny Depp? Der ist doch selbst ein Clown. Das wäre ja glatt, als hätte ich Angst vor dem Schreiben. Hm! Kam auch schon vor, okay.

Und auch *Emetophobie* verstehe ich vollkommen. Das kennt sogar die Rechtschreibprüfung von Word. Wundert mich jetzt nicht, was der alles unterkommt, da würde ich auch kotzen. Das ist nämlich die Angst, sich erbrechen zu müssen oder auch jemandem dabei zuzusehen. Auch ein Mitgrund, warum ich die örtliche Disco nicht so häufig besucht habe. Jetzt holt es mich aber wieder ein, meine Söhne sind sechzehn und ich muss sie und ihre Eroberungen manchmal nachts abholen und heimbringen. Meine Jungs wissen meist, wann sie aufhören müssen, aber die Mädels heutzutage! Ich schlage jetzt schon immer vorher das Auto mit Folie aus, bevor ich fahre.

Podophobie ist im Sommer eine weit verbreitete Angst, wobei es eher ein Ekel ist, schreibt Dr. Google. Die Angst oder der Ekel vor unbekleideten Füßen. Für Podophobiker sind Flipflops oder Sandalen die Hölle. Für mich ja auch, aber eher, wenn sie mit weißen Tennissocken kombiniert werden. Gibt's eigentlich auch eine Angst vor Leggins?

Bambakomallophobie ist aber mein absoluter Liebling. Die Angst vor Watte. Einfach nur geil. Ein Abschminkpad als Angstmacher. Ich muss unwillkürlich an den Navy Seal Soldaten denken, der nach einem Einsatz im Irak, bei dem er mit dem Hubschrauber abgeschossen und verwundet wurde, was er alles knallhart hingenommen hat, ins Krankenhaus eingeliefert wird und dort an einem angstinduzierten Herzinfarkt stirbt, als die Schwester seine Wunden mit einem Wattepad abtupfen will.

Endlich finde ich eine Angst, an der ich auch leide: *Meleagrisphobie*, die Angst vor Truthähnen. Seit dem letzten Weihnachten, als mein Truthahn zusammenfiel wie ein Kartenhaus, als ich ihn vor versammelter Verwandtschaft aus dem Rohr nahm und ich dann zehn Pizzen bestellen musste, darf ich an diese Vögel nicht einmal mehr denken. Das war ein Alptraum.

Nomophobie ist zu guter Letzt eine zweifelhafte Errungenschaft unserer Tage. Angeblich haben schon zwei von drei Europäern Angst, ohne ihr Handy zu sein. No Mobile Phobie. Ich neige eher dazu zu sagen, es haben vier von drei Probleme mit Mathematik, aber dazu fand ich keine passende Phobie. Schulbildung ist aber auch kein so wichtiges Thema dieser Tage.

Die Bewerbung ging in die Hose

Erinnert ihr euch noch an den Karli, meinen Spezi? Der ist immer für eine Geschichte gut. Diesmal für eine für ihn nicht so erfreuliche. Normalerweise ist ja der Yannick der Pechvogel, aber der Karli kann das auch. Und wie!

Wir sitzen letztens mit zwei Weißen Spritzern bei unserem freitäglichen Wochenrück- und Minirocknachblick im Gastgarten - endlich ist es wieder warm genug dafür - und mir fällt auf, dass der Karli dauernd auf seinem Sessel herumrutscht, als würde ihn etwas drücken. Das ist bei ihm total unüblich, weil den nie was in der Hose drückt. Vor allem keine Brieftasche, in letzter Zeit ist der so pleite, dass ihm die Bettler vorm Hofer schon aus lauter Mitleid heimlich ihre Tageseinnahmen in die Jackentasche stecken.

"Was ist los?", frage ich. *"Warum rutscht dauernd herum, als hättest Hummeln im Arsch?"* Ich nippe an meinem Spritzwein. Die Maria wird nie lernen, wie man einen Sommerspritzer mischt. Entweder zu viel Wasser oder zu viel Wein. Diesmal zu viel Wasser, was deutlich blöder ist als die Alternative.

"Ich war ja bei dem Bewer...", fängt Karli an. Ich fürchte, das wird ein längerer Monolog. Da braucht es ...

... *"Maria! Lass uns die Luft noch einmal aus den Glasln. Aber diesmal mit a bissl mehr Wein! - Was sagtest, Karli? Ach ja, ich hab' dir ja ein Bewerbungsgespräch als Portier bei der Metallfirma organisiert. Wie lief es?"*

Karli lässt den Kopf sinken. Au weh! Hat der Dodel sicher wieder verbockt, das Gespräch. Dabei habe ich ihm eh gesagt, er soll sich stumm stellen, die Personalchefin habe ein weiches Herz, sagte ich ihm.

"*WIE LIEF ES? - Maria, verflucht noch einmal, wo bleibt der Spritzer?*" Ah, endlich!

"*Na ja. Lief eigentlich eh ganz gut. Am Anfang.*", murmelt der Karli. "*Ich war pünktlich dort, sogar eine Viertelstunde zu früh. Die Mama hat mich hingebracht, weißt eh, wegen Führerschein und so.*"

Mir schwant Fürchterliches.

"*Ich sagte dir, du sollst pünktlich sein, aber nicht zu früh, oder? Und allein hingehen. Und nicht zu viel reden!*", rufe ich ihm in Erinnerung.

"*Ja, eh. Weil wir so bald da waren, und nervös war ich auch, musste ich halt nochmal pinkeln. Wollte aber nicht fragen, ob ich dort das Klo benutzen darf. Ich meine - wie schaut das aus, wenn das Erste, was man bei einer neuen Firma tut, ...*"

"*Neiiiiin! Sag jetzt bitte nicht, du hast ...*"

"*... im Garten hinter die Hecke gepischt. Ja, das war dumm. Vor allem, weil es, wie ich später erfuhr, genau unter dem offenen Fenster der Personalchefin war. Das war aber nicht das Schlimmste.*"

Diese Ankündigung sorgt dafür, dass mein weißer Spritzer allzu schnell wieder leer ist. "*MARIA!*"

"*Ja, das dachte ich auch. So ein Pech aber auch!*"

19

"*Hat sie dich gehört?*"

Er senkt den Blick und die Stimme.

"*Das war nicht zu überhören, wie ich gebrüllt hab' dabei!*"

"*Warum gebrüllt?*", will ich wissen. Okay, im Alter tut das Wasserab-schlagen manchmal weh, aber gleich laut brüllen? Na, wenigstens hat er nicht gesungen dabei. Wenn Karli singt, verlassen sogar die Rapid-Ultras ihren Sektor, so spannend kann das Match gar nicht sein.

"*Pinkel du mal direkt in ein Erdwespennest! Die aggressive Sorte! Dann schauen wir mal, ob du nicht auch brüllst! Jedenfalls war die Nummer mit dem Stummstellen damit gegessen. Elf Stiche, davon drei dorthin, wo man sie überhaupt nicht will. Das Ding ist ange-schwollen, sowas kannst du dir nicht vorstellen!*"

Will ich eigentlich auch gar nicht. Trotz der Tragik der ganzen Ge-schichte kann ich mir ein Grinsen kaum verbeißen.

"*Und die anderen acht Stiche?*", plagt mich die Neugier.

"*Fünf auf den Armen, einer am Hals und zwei auf der Nase. Die schwoll auch an, und wie!*"

Das mit dem Verbeißen ist jetzt endgültig vorbei. Ich lache lauthals, während Maria uns ansieht, als wären wir irgendwie verrückt, wäh-rend sie die Getränke hinstellt.

"*Geh leck! Naja, man sagt ja: An der Nase eines Mannes erkennt man die Größe des Johannes! Hahahaha!*"

Wenn Blicke töten könnten, würdet ihr diese Geschichte jetzt nicht mehr lesen. Mühsam würge ich mein Lachen ab. Jedenfalls nach außen. Jetzt lache ich nur noch nach innen und will wissen, wie es dann weiterging.

"*Ich ging dann also mit der Mama zur Personalchefin. Mama hat sich gleich schnaufend in den Sessel der Dame gesetzt. Die sah minutenlang nur auf meinen Schritt. Das sah aus, als wäre ich furchtbar geil auf sie. Naja, fesch war sie ja eh. Geredet hat die Mama, ich war ja stumm. Wusste ja nicht, dass sie am Fenster alles beobachtet hatte.*"

"*Oh, oh!*" Ich kenne seine Mutter. Die Personalchefin kam mit Sicherheit eine Stunde lang nicht zu Wort.

"*Meine Mutter erzählte ihr, was ich nicht für ein braver Bub sei. Und still, sehr still. Und dass ich immer brav helfe im Haushalt. Und dass ich zwar kein recht guter Schüler war, aber nicht, weil ich nicht intelligent gewesen wäre, nein daran war das Haschisch schuld. Man kenne das ja bei den jungen Leuten. Alter! Ich bin 49! Und Gras rauche ich seit dreißig Jahren keines mehr, seit der Geschichte mit dem Polizisten, den ich damals um Feuer gefragt habe!*"

"*Ohhhh, ohhhh, ohhhh!*" Bin schon neugierig, was die Personalchefin nächstes Mal im Fitnesscenter zu mir sagt, welchen Trottel ich ihr da geschickt habe! "*Kam die überhaupt mal zu Wort?*"

"*Ja, als mein Handy geläutet hat, hielt Mama kurz inne. Die Dame fragte uns dann, ob wir etwas trinken möchten. Einen Irish Coffee oder wenigstens einen Spritzer hatte sie aber nicht, es gab nur Kaffee, Wasser und Saft. Lahmer Laden!*"

"*Ohhhhhhh, ohhhhhhh, ohhhhhhh!*" Mir geht langsam die Luft für die "Oh's" aus!

"*Was denn?*", kennt Karli sich Nüsse aus. Richtig verzweifelt schaut er jetzt drein, der arme.

"*Alkohol bei einem Vorstellungsgespräch ist ein absolutes No Go! Und läutende Handys erst recht!*"

"*Ach, darum hat die Tante nur Wasser getrunken! Naja, Mama hatte Gott sei Dank den Flachmann mit.*"

Ich gebe das mit den "Oh's" jetzt auf und schüttle nur noch den Kopf. "*MARIA!*"

"*Und wie lief es weiter?*" Ich kann es mir zwar denken ...

"*Naja, sie wollte dann meine Bewerbungsunterlagen sehen. Die hatte ich aber beim Pinkeln unter die Achsel geklemmt gehabt und fallengelassen, als mich die Wespen attackierten. Waren halt ein wenig mitgenommen. Naja, schaute so aus, als würde ich mich fleißig und oft bewerben, dachte ich!*"

Die schiere Verzweiflung steht mir zu diesem Zeitpunkt wohl ins Gesicht geschrieben (obwohl ich das längst in den Händen vergraben habe), weil Karli meint: "*Wäre aber eh nichts gewesen, der Job. Hab' dann auch mal was gesagt, damit nicht nur Mama redet. Hab' gefragt, mit wieviel Kohle sie rüber rücken. Und ob ein Vorschuss ... naja, bin ziemlich blank, weißt du?*"

"*Puhhhh! Was sagte sie drauf?*"

"Welche Erfahrung ich als Portier habe, hat sie gefragt. Naja, sagte ich, ich hab' oft den Mundl geschaut, weißt eh, den 'echten Wiener', da war der Plahowetz ja Portier, ich tät mich also schon auskennen!"

"Gibt es eigentlich irgendeinen Bewerbungsgesprächsfehler, den du nicht gemacht hast?", schüttle ich den Kopf.

"Hä?"

"Na hast wenigstens nicht über deine frühere Firma geschimpft oder zum Politisieren angefangen oder bist über eine Religion hergezogen?"

"Ich bin ja nicht blöd!", meint der Karli fast vorwurfsvoll. *"Ich hab' ihr nur gesagt, weil sie mich fragte, wo ich vorher gearbeitet habe, dass ich bei so einem muslimischen Kümmeltürken in einer Schlosserei war. Und du weißt ja, wenn's nach mir ginge, ich tät' die alle in den nächsten Güterzug stecken und ab zum Bosporussen!"*

"Oh Gott! Ihr Mann ist Türke, du Idiot!"

"Ah, darum sagte sie dann, sie wüsste nun, woran sie sei und würde sich sicher nicht melden. Worauf ihr die Mama gesagt hat, dass solche Weibsbilder mit ihren Guccischuhen von der Arbeit eh keine Ahnung hätten. Und dass ein Personalchef ein g'standener Mann sein sollte."

"Was sagte sie darauf?"

Er schweigt und senkt den Blick.

"WAS SAGTE SIE DARAUF?"

"*Wir suchen hier einen verlässlichen Portier, der auch ohne Mama zur Arbeit findet, zum Wasserlassen die Errungenschaften der modernen Technik nutzt, die Grundregeln der Höflichkeit kennt, nicht säuft, nicht völlig verblödet ist, eine Ahnung von seiner Tätigkeit hat und kein Rassist ist. Und die Schuhe sind von Manolo und nicht von Gucci. Guten Tag!*"

"*Autsch!*"

"*Ja, ich fand auch, dass ich eigentlich der perfekte Bewerber gewesen wäre! Aber ich glaube, in Wahrheit steht sie auf mich. In welchem Fitnessclub sagtest du, hast du sie kennengelernt?*"

„*In meinem ehemaligen Fitnessclub.*"

Der letzte Weg des Johnny R.

Letztens war ich auf einer Leich. Das hat jetzt keinerlei nekrophile Bedeutung, liebe deutsche Freunde, so sagt man bei uns in Österreich, wenn man zu einer Beerdigung geht. Normalerweise ist sowas eine traurige Sache. Zuerst geht es zum Friedhof, also in die Leichenhalle, da stehen die Verwandten am Sarg, man defiliert vorbei, erweist dem Verstorbenen die letzte Ehre samt Verbeugung und Segnung mit Weihwasser und reicht dann den Trauernden die Hand um ein kaum hörbares "*Mein Beileid*" zu murmeln. Laut soll man das nicht sagen, das würde irgendwie ... unpassend sein. Zu leise auch nicht, hören müssen sie es schon. Gar nicht so einfach!

Die weinen natürlich alle, selbst kämpft man seit Tagen mit einem Schnupfen und muss sich schnäuzen, was fälschlicherweise als wahre Teilnahme ausgelegt wird, dabei ist's nur eine laufende Nase. Wenn einem der Verschiedene (was für ein Wort! Wovon verschieden? Ah, von allen anderen hier, die leben ja alle noch. Na ja, fast alle.) sehr nahestand, umarmt man die Witwe (es sind immer die Männer früher dran mit Abtreten), und dann geht man hinaus, atmet einmal tief durch und freut sich, wenn man sieht, wie lange die Schlange der Wartenden ist, die das alles noch vor sich haben. Nein, nicht das Beerdigtwerden, die Kondolenz. Der Verschiedene ist auch hier verschieden - der hat keinen Stress mehr, liegt in aller Seelenruhe (wie passend!) in seiner Kiste und kriegt (hoffentlich!) nichts mehr mit.

Danach gehts zur Kirche, langsamen, gemessenen Schrittes, mit der Musikkapelle im Trauermarsch. Dann ein Halt der Kapelle (und aller anderen) bei der Kapelle, der Pfarrer sagt ein paar G'setzerl, die man aber hinten eh nicht mehr versteht, weil der Schnupfen auch die

Ohren zugemacht hat und der Wind pfeift. Irgendwie sterben die Leute am liebsten im November.

In der Kirche dann Messfeier. Gebete. Lebenslauf des Verschiedenen, der gar nicht so verschieden ist von denen anderer - geboren, gearbeitet, geheiratet, gestorben. Und dann die Trauerreden. Gefühlsschwanger und melancholisch. Die halbe Kirche schnupft und schnäuzt, das muss eine wahre Epidemie sein. Die Verwandten nahe am Zusammenbruch, aber da müssen sie durch. Wenn sie erben wollen, dann müssen sie das aushalten. Wäre ja noch schöner, wenn man bei so einer Rede Rücksicht auf die Trauernden nähme! Nein, die Rede ist für den Verstorbenen. Okay, man hätte ihn auch zu Lebzeiten loben können, da hätte er sich vielleicht mehr gefreut, aber so ist das nun einmal üblich. Man wartet mit dem Lob, bis er sich nicht mehr wehren kann. So war das schon immer, so soll das bitteschön auch bleiben!

Danach geht's dann ins Wirtshaus. "Zehrung" nennt man das hier. Kommt von der Wegzehrung, weil früher die Leute teilweise stundenlang zu Fuß zur Beerdigung gehen mussten (die waren damals noch nicht bei jedem Windhauch gleich krank), da musste man sie für den Heimweg stärken, damit man nicht in einer Woche gleich wieder zu einer Leich musste. Heute fahren sie mit dem Auto. Manche sogar mit dem Elektroauto. Zehrung bekommen sie trotzdem eine. Früher war das immer Rindfleisch, heute ist auch ein Schnitzel schon akzeptabel. Hauptsache nicht vegetarisch. Johnny - die Geschichte handelt ja von Johnny - sagte immer: "*Vegetarisch. Wäh! Denk nach, Alter: Warum wohl sagt man 'dahinvegetieren' und nicht 'dahinschnitzeln'?*"

Der Johann Rauch, alle nannten ihn entweder nur "Johnny" oder "Smoky", war oft mit mir auf einer Leich. Und wir haben uns auch öfter über obige Dinge unterhalten.

"*Weißt*", sagte Johnny einmal zu mir, "*bei meiner Leich wird das anders. Das lege ich testamentarisch fest. Das wird eine Leich, an die werden die Spießer noch Jahrzehnte denken.*"

Und jetzt steig ich aus dem Auto aus und trabe zum Friedhof, weil der Johnny entschlafen ist. Im Sinne des Wortes. Beim Autofahren eingepennt, rumms! Im Autoradio lief Heavy Metal, in Johnnys Brustkorb steckte auch welches. Nur Johnny schaffte es, bei Metallica auf "Vol: Max" einzuschlafen. Irgendwie rechne ich damit, dass es eine ganz konventionelle Beerdigung wird. Der Johnny hatte vermutlich nicht damit gerechnet und keine Vorkehrungen getroffen. Schade eigentlich. Schnupfen habe ich heute keinen, aber ich fürchte, es wird auch so zum Schnäuzen. Ich mochte den Typen wirklich gerne. Der war geradeheraus, der sagte dir Dinge ins Gesicht, da froren die Gesichtszüge ein, aber so müssen Freunde sein, finde ich.

Am Friedhofstor merke ich, dass etwas anders ist. Verstörte Blicke derer, die schon kondoliert haben und sich in die Reihe einordnen, für den Rückweg zur Kirche. Ich bin so spät dran, dass mir zum Denken wenig Zeit bleibt, schon stehe ich vor dem Sarg.

ALTER SCHWEDE!

Das ist kein Sarg, das ist eine Blechkiste vom Schrottplatz, besprüht mit Graffitis aller bekannten Hardrockbands. Statt des Kreuzes prangt oben die "Hang loose" Hand, statt der Kränze hängen lauter Blumenbänder im Woodstockstyle herum, und in der Leichenhalle murmelt keine sanfte Trauermusik aus den versteckt angebrachten Lautsprechern, nein, da prügelt Metallica ihren Sandmann bis zum

Klirrfaktor aus den Teufel-Boxen. Den Sarg hat Johnny sicher schon zu Lebzeiten gebastelt, das passt zu ihm. Respekt! Hat nie ein Wort davon gesagt, also konnte ich ihn dafür auch nicht loben und verstehe das mit den Grabreden jetzt ein wenig besser.

Ich muss mich schnäuzen. Lachtränen! Er hatte also doch Zeit alles vorzubereiten. Als ich mich gefangen habe, nehme ich den Schwengel (der wirklich aussieht wie ein Schwengel) im Weihwasser, das verdächtig nach Gin riecht, und sprühe das Kreuz auf den Sarg. Dann gehe ich zu den verstört wirkenden Verwandten, murmle "*Es tut mir so leid!*" und ergänze es mit einem "*Aber eines muss man ihm lassen - er wird so beerdigt, wie er gelebt hat*", worauf mir seine Ex-Witwe - nein, das klingt nach Auferstehung - also seine Exfrau, die jetzt nicht mehr seine Exfrau ist, irgendwie halt ... nun, sie drückt meine Hand und lächelt. "*Ja*", sagt sie, "*das ist echt typisch Smoky, gell?*"

Der Leichenzug zur Kirche hätte fast den Pfarrer verprellt. Nicht nur, dass die Musikkapelle nicht spielte, nein, Johnny hatte darauf bestanden, dass seine ehemalige Garagenband den Zug begleitete. Musikalisch. Auf einem Pritschenwagen. Das an sich wäre für den alten Pfarrer wohl noch okay gewesen, aber mussten die unbedingt "*Hells Bells*" spielen? Und danach "*Dance with the devil*"?

In der Kirche ging es dann flott. Keine Trauerrede, kein Lebenslauf. Johnny hatte gemeint: "*Meine Ex ein wenig zu quälen, das hätte mir eh gefallen, aber meine Freunde?*" Kinder hatte er ja keine. Geschwister auch nicht. Aber viele, viele Freunde.

Am Ende der Messe spielte dann wieder die Band. Und das "*Highway to Hell*" war dann zu viel für den Geistlichen. Der stieg aus, und wir machten den Rest dann selbst. Wäre ganz in Johnnys Sinne gewesen, da bin ich sicher. Leider war der Blechsarg rutschig, weshalb er ein wenig unsanft in die Grube holperte, was dann seiner Ex doch einen Stöhner entlockte. Johnny hätte dazu sicher nur gesagt:

"*Na, jetzt hat sie doch einmal bei mir gestöhnt.*"

Urlaubsplanung

"Papa, was machen wir eigentlich im Sommerurlaub?", will Sohnemann Numero Due wissen und weiß nicht, dass er mich dabei gerade kalt erwischt hat. Schließlich haben wir jetzt schon Anfang April, und ich hatte noch nicht einmal den Schimmer vom Funken der Ahnung eines Gedankens daran verschwendet. Einfach zu viel Arbeit mit Facebook. Aber das kann ein für seine Planungskompetenz geachteter und bewunderter Vater natürlich so nicht zugeben. Ein Seitenblick auf Sohnemann Numero Uno bringt die Erleichterung, dass von seiner Seite keine diesbezügliche Attacke droht. Er schreibt offenbar gerade seinen Freundinnen auf WhatsApp. Wie der mit fünf oder sechs zugleich chatten kann, ohne die Mädels durcheinander zu bringen, kann ich lediglich bewundern. Für mich wäre das einfach nur infarktinduzierender Stress. Ich habe meine einzige Chatpartnerin letztens mit dem Namen der Katze angeschrieben, weil diese gerade ihr Futter wollte. Dauerte zwei Wochen, bis sie wieder mit mir sprach. Die Freundin, nicht die Katze. Nenne nie deine Katze „Susette"! Nie!

„Ja, ich dachte daran, heuer einen Bildungsurlaub zu machen mit euch!", bluffe ich im Brustton der Überzeugung und mit einem Pokerface, dem selbst John Wayne in einer Saloon-Pokerpartie aufgesessen wäre.

„Auf Deutsch: Du weißt es noch nicht?" Okay, Gedankenlesen eins, Pokern null. Aber einen Versuch starte ich noch. Sohnemann Numero Uno grinst, während er wie wild weiter tippt. Kann es sein, dass der nebenbei auch noch mithört?

„Doch, natürlich. Ich wollte in die USA mit euch!" Vor mir liegt gerade zur Ideenrettung die Tageszeitung mit diesem Fakenews-Wischmob-frisurpräsidenten der USA am Titelblatt.

„Papa! Die verhaften dich ja schon am Flughafen, wenn die deinen Facebookaccount kennen!", wendet Numero Due ein. Uno grinst noch breiter. Entweder hat ihm eine seiner Eroberungen gerade was Schweinisches geschrieben, oder er hört wirklich mit.

„Wieso sollten die meinen Facebookaccount kennen?" (Ja, ich bin naiv!)

„Na, jeder USA Reisende muss ja sein Passwort für Twitter und Facebook bekanntgeben, da schauen die nach und dann ... allein wollen wir auch nicht nach Amerika!"

Ich bin konsterniert. Facebook sollte Auswirkungen auf das reale Leben haben? Ganz was Neues. Ich muss dringend den Ziegen-Post über Erdogan löschen, bevor ich mir morgen wie jeden Dienstag ein Kebab bei Ali hole, wenn ich vor der Schule auf die Kinder warte. Was ich natürlich vergesse. Also das Löschen und das Abholen der Kinder, nicht das Kebab.

„Ich schlage vor, wir gehen morgen, nachdem ich euch abgeholt habe, ins Reisebüro, ja?" (Und heute am Nachmittag mache ich mich schlau, welche Urlaubsländer aus diversen Gründen ausfallen. Muss das Kompetenzleck dringend abdichten.)

Beide nicken. Offenbar hat Numero Uno tatsächlich nonverbal an unserer Unterhaltung teilgenommen. Ich kann nicht anders als ihn dafür zu bewundern. Wenn er fernsieht und ich ihn ersuche, sein dreckiges Geschirr in den Spüler zu räumen, schafft er diesen Konzentrationsspagat nie. Nicht einmal bei Sendungen wie diesen saublöden Simpsons. Aber sechs WhatsApp Dialoge und zugleich eine Urlaubsplanung, das geht! Heuchler!

Am nächsten Tag schmeckt Alis Kebab irgendwie komisch. Er hat auch gar nicht so freundlich gelächelt wie sonst. Naja, ist eben nicht jeder Tag gleich. Auf seiner Theke steht eine türkische Fahne mit „*EVET!*". Ist wohl der Ort, wo er her ist. Egal. Die Jungs kommen, als ich gerade aufgegessen habe, und wir fahren ins Reisebüro. Ich bin „gebrieft", wie das die Amis nennen, die werden sich wundern!

Die Dame im Reisebüro ist sehr nett. Und jung! Und hübsch! Attraktivitätsquotient Doppel-D! Ob sie kompetent ist, wird sich zeigen, aber die vorgenannten Kriterien erlauben mir da eine gewisse Flexibilität. Ich nehme Platz, rutsche den Sessel etwas zurück und habe jetzt freien Blick auf ihre Beine, die aus einem waffenscheinpflichtig kurzen Minirock herauswachsen und erst in der Unendlichkeit ...

„*PAPA!*"

Die Stimme kenne ich von wo.

„*PAAAAPPPAAAA!*"

Ah, ich glaube, das ist Sohn Numero due.

„*Was?*"

„*Sag mal, wo bist du mit deinen Gedanken? Frau Hackerl fragte gerade, wohin wir wollen, also im Urlaub.*"

Mein Prozessor arbeitet auf Hochtouren. Der Sex-Coprozessor wird temporär in den Sleepmode geschickt, und ich bin wieder voll bei der Sache. Ich bin direkt stolz, wie ich meine Triebe unter Kontrolle habe, trotzdem mir meine Söhne immer vorwerfen, ich wäre nach der Midlifecrisis direkt in die Endzeitverzweiflung geschlittert. Dabei ist das für Männer in den Fünfzigern ganz normal, die denken immer an Sex. Meine Freundin sagt dazu, der Mensch neige halt dazu, an die Dinge zu denken, die er sich am meisten wünscht und am wenigsten zusammenbringt.

„Ja, Frau Haxerl, also wir wollen einen Bildungsurlaub machen oder einen Badeurlaub oder beides. Da haben wir ganz genaue Stellungen ... Vorstellungen." Sleepmode, sagte ich!

Sie lächelt sanft (ich mag diese Grübchen um ihren Mund), senkt kurz den Blick und wirft ihr linkes über das rechte Bein, elegant, wie das nur Frauen können. Mein Blick fällt auf ihr güldenes Fußkettchen. *„Hackerl, nicht Haxerl."*, sagt sie. *„Ja, wie wäre es da mit den USA?"*

Ich schlucke und erläutere ihr das Facebookproblem und warum deshalb die USA ausfallen.

„Thailand vielleicht? Da wäre Entspannung und Bildung vereint." (Wie ein Liebespaar, denke ich mir dazu). Entspannung! Vereinigung! Thailand! THAILAND! Verdammter Coprozessor, der kommt aus dem Sleepmode hoch, ohne dass ich ihm das erlaubt habe. Ich schlage die Beine übereinander und hoffe, dass sich das mit dem Coprozessor so schnell wieder legt, wie sich das in meinem Alter üblicherweise ...

„Papa, Thailand wäre super, aber hast du da nicht mal was gepostet über den König? Da stehen dort glatt 20 Jahre Knast drauf."

Seit wann kennt Numero Uno meine Posts? Ich muss die beiden dringend blockieren. Wenn die den Beitrag über ihren Lerneifer finden, dann gute Nacht!

„Dann fällt die Türkei wohl auch aus? Wäre gerade preislich sehr attraktiv."

Attraktiv. Ich nicke nur und versuche immer noch, den Coprozessor wieder in den Sleepmode zu zwingen, als sie zufällig mit einem ihrer Beine an eines meiner stößt, was die gesamte Problematik mit einem Hardreset wieder in einen Restart pusht. Wusste gar nicht, dass ich das so oft hintereinander noch kann. Zudem rieche ich eindeutig Chanel No 5, das macht die Sache auch nicht gerade leichter! Ich zwinge meine Augen, sich von diesem sexy Fußkettchen an diesem schlanken Damenbein zu lösen. In meinem Bauch flattern keine Schmetterlinge, das sind paarungswillige Fledermäuse!

„Griechenland ist halt heuer ziemlich ausgebucht.", fährt sie fort, *„Und Sie kommen ziemlich spät."*

Danke! Woher weiß die, wann ich komme? Erneuter Reset!

„Das geht eh nicht!", wirft Numero Due ein, *„Weil der Papa sich auf Facebook mal ziemlich über die Griechen ausgelassen hat, wegen der EU Gelder. Ich glaube, die täten ihn auch gleich einsperren. Und Griechisch kann er auch nicht."*

Haxerl seufzt. Sie hat ein niedliches Seufzen. Und diese Grübchen! *„Ungarn vielleicht?"*

„Machen Sie bitte keine Scherze!", entfährt es dem kurz aufblickenden Numero Uno, der schon wieder WhatsApp-multitaskt. *„Papa hat Orban einen alten, verblödeten Nazi-Diktator genannt."* Und wendet sich wieder seinem Handy zu. Ich komme gar nicht dazu, zu Ungarn mein *„Ungern"* vorzubringen.

„Das könnte eine schwere Geburt werden."

Scheinbar machen ihr solche Andeutungen auf fortpflanzerische Interaktionen im Bereich ihrer Leibesmitte langsam Spaß. Luder! Mein Bauch meldet sich immer deutlicher.

„Aber wie wäre es mit Südfrankreich? Da ist Sonne und Kultur auch vereint. Wie sieht es mit Ihrem Französisch aus?"

Wenn Sie dabei nicht gegrinst hätte wie ein Honigkuchenpferd und mit den langen Wimpern geklimpert, dann hätte ich das ja als Zufall durchgehen lassen können. Aber die Gute weiß haargenau, was sie da mit mir macht. Es rumort gewaltig in meinem Bauch. Also entweder bin ich richtig verliebt oder ...

... ich kotze ihr Alis Kebab auf die Hackerl, der Frau Hackerl. Der osmanische Giftmischer hat mir anscheinend was hineingemengt.

Meine Jungs lehnen einen gemeinsamen Urlaub mit dem peinlichen Papa übrigens mittlerweile ab. Von einem gemeinsamen Besuch in einem Reisebüro ganz zu schweigen. Was mir entgegenkommt. Und Frau Hackerls neuen Schuhen auch.

Diesen Bericht schreibe ich gerade in einem Kärntner Hotel ohne WLAN. Um eventuellen Ausreiseproblemen aus diesem Punschkrapfenland (außen rot, innen braun und immer ein wenig angesoffen) vorzubeugen. Daher wird das auch erst gepostet, wenn ich wieder zuhause bin.

Rudis Klimaerwärmung

Freitag ist! Da treffe ich immer meine Spezis, dem Karli und dem Rudi, auf ein Bier, wie ihr wisst. Beim Kirchenwirtn, der jetzt Dorfwirt heißt, weil der Wirt wegen der Kirchensteuer aus dem Verein ausgetreten ist, weshalb jetzt am Sonntag auch endlich immer Platz in der Stube ist, seit der Pfarrkirchenrat lieber zum Emmet, geht, dem neuen türkischen Lokal. Die christliche Volksseele verzeiht solchen Verrätern wie dem ehemaligen Kirchenwirt so etwas eben schwer. Aber darum geht es hier nicht.

Es ist heiß heute. 32 Grad im nicht vorhandenen Schatten, weil die Sonnenschirme nicht aufgespannt sind. Ich spann' da selbständig keinen mehr auf, nachdem es letztens ... naja, bin kein Techniker, und was soll ich sagen? Er ist dann halt mitten im Schnitzel eingeklappt und hat der Frau am Nebentisch ein blaues Auge geschlagen. Alles nicht so tragisch, sie konnte es eh nicht sehen, weil sie kurz bewusstlos war. Außerdem ein blödes Trampel, die hat im ganzen Dorf herumerzählt, ich hätte eine Freundin. Hat mich dann sündteure Schuhe gekostet, damit sich mein geliebtes Eheweib wieder beruhigt.

Jedenfalls schwitzen wir im Gastgarten so vor uns hin, was mich zu der Äußerung verleitet, dass an der Sache mit der Klimaerwärmung wohl doch etwas dran sei. Der Rudi schaut heute ziemlich bedient aus und blinzelt mich aus seinem verschwitzten Gesicht an:

"Das kannst laut sagen! Hab' heute den ganzen Tag unter der Klimaerwärmung gelitten!"

"Im Büro?", frage ich. *"Dachte, du sagtest, die Chefin hätte sich eine Klimaanlage gekauft?"*

"*Eben deswegen!*", bestätigt er, was mir einen fragenden Gesichtsausdruck entlockt, worauf er ohne weitere Aufforderung zu erläutern beginnt:

"*Also, die Funsn hat so ein aufstellbares Klimagerät gekauft, gell? Das hat sie im Büro mitten im Raum hingestellt und eingeschaltet. Blies wunderbar kühl heraus, feine Sache. Dachte ich.*"

Mir schwant ... nein, das kann nicht sein. Ich runzle die Stirn, nippe an meinem vollen Bier und bestelle ein Neues.

"*Ja, da kannst du ruhig deine Denkerstirn in Falten legen!*", fährt Rudi ungewohnt poetisch fort. "*Das Zeug war nämlich glatter Betrug. Es blies kalt raus aber in Summe wurde es immer wärmer im Büro. Haben dann den Servicetechniker geholt. Der hat einen Lachkrampf bekommen und versucht, uns weiszumachen, dass wir ein Loch in die Wand bohren müssten, damit es funktioniert.*"

"*Sag bloß, ihr habt den Abwärmeschlauch in den Raum blasen lassen?*"

"*Jetzt fang du auch noch mit dem Scheiß an!*"

"*Ja, aber ...*"

"*Das sagte der Servicetechniker auch, bevor ihn die Chefin rausschmiss. Das Klimagerät konnte er gleich wieder mitnehmen. Hat ja eindeutig nicht funktioniert.*"

Ich muss jetzt lachen und nippe erneut an meinem Bier, das Maria gerade gebracht hat. Warm!

"*Maria, hast das am Klo abgefüllt, oder was soll die brunzwarme Hopfensuppe?*", rufe ich ihr nach, worauf nur ein "*Kein Gas!*" zurückkommt. Rudi schaut fragend, aber ich erkläre ihm jetzt sicher nicht, wie ein CO2-Durchlaufkühler funktioniert, wenn er schon an einem Klimagerät intellektuell scheitert.

"*Rudi!*", sage ich in meinem geduldigsten Ton, "*Das Klimagerät entzieht der Luft Wärme und muss die dann natürlich irgendwohin abgeben. Daher bohrt man ein Loch in die Wand, da steckt man dann den Abluftschlauch rein und lässt die Wärme nach außen blasen, verstehst? Wenn du die wieder in den Raum zurück bläst, dann kühlt es nicht, sondern wandelt die elektrische Energie, mit der es läuft, in Wärme um. Du heizt damit also, klar?*"

"*Wurscht. Hat nicht funktioniert. Da kannst gescheit herumdiskutieren, wie du willst. Wir sind klimatechnisch jedenfalls ausgestiegen.*"

"*Mann, Rudi, bei dir bzw. deinen Eltern wäre vor 50 Jahren ein Pariser-Abkommen auch gut gewesen. Mit blauem Siegel, sozusagen.*"

So. Da war er dann beleidigt, der Rudi. Was heißt, dass ich die Zeche zahlen musste. So ist es eben immer. Die Idioten bauen Scheiß, und die anderen zahlen die Zeche.

Die Seufzerlücke

(oder: „Eine Reise nach Venedig")

Venedig! Die Stadt meiner Träume, die schönste Stadt der Welt, die Stadt der Liebe! Und das ist noch lange nicht alles, sie ist auch die Stadt der Monster, aber Geduld, das erkläre ich etwas später.

Es fängt alles damit an, dass mich ein Freund anspricht:

„Günter, du bist doch so ein Venedigfan. Meine Frau möchte da mal hin, kannst du mit uns kommen und die Reiseführung übernehmen?"

Mal ehrlich – wer fühlt sich da nicht geschmeichelt? Klar kann ich, gerne! Und ja, um das Hotel kümmere ich mich auch, wenn er sich um die Zugtickets kümmert. Ob ich einen Liegewagen möchte? Also bitte – ich bin 52 nicht 90! Sitzplatz reicht völlig, wegen der neun Stunden Fahrt braucht man doch keinen Liegewagen! Nicht in meinen jugendlichen Jahren!

Gesagt getan, Den Mittwochnachtzug gebucht, meine Kinder kommen auch mit und die meines Freundes und seiner Frau ebenfalls, wird sicher nett werden. Sonntag in der Nacht geht es dann retour, am Montag um kurz vor sechs sind wir zurück, da kann ich dann schnurstracks in die Arbeit, ausgeschlafen von der angenehmen Zugfahrt!

Zwei Wochen später stehen wir mit unserem Gepäck um halb elf am Bahnhof und warten auf den Euronight. „NightJet" nennt die ÖBB das Ding. Klingt nobel, fast wie eine Flugreise, nur ohne Sicherheitscheckin und Gepäckaufgabe, also viel weniger Stress. So mag ich das. Ein wenig wundere ich mich schon, dass die vier nur einen Koffer und eine Tasche mitgenommen haben, sind ja doch vier Tage. Ich habe den großen Reisekoffer mühelos voll bekommen, den etwas kleineren mit den Sachen für meine Jungs kaum zu und dazu gefühlte zwanzig Kilo Fotorucksack auf dem Buckel. Naja, jeder darf nach eigenem Gutdünken glücklich werden, sagte schon Friedrich der Große, ich fahre jedenfalls nicht mehr im Sommer nach Venedig, ohne für jeden Tag mindestens drei T-Shirts mitzunehmen. Wegen der Hitze, klar?

Wir steigen ein, den Waggon finden wir sofort, unsere Plätze auch, aber die haben andere auch schon gefunden. Ja, wir haben Platzkarten und die ÖBB hat alles peinlich genau beschriftet, aber erklär das mal einer Gruppe Eishockeyspielern so, dass sie keine Veranlassung sehen, physisch zu werden! Dazu kam, dass meine Frage, ob sie glauben, auf dem zugefrorenen Canal Grande Eishockey spielen zu können, dann auch nur bedingt humorvoll aufgenommen wurde. Gecheckt haben sie es aber. Im Checken sind die gar nicht so schlecht! Nach einer halben Stunde hat der Zugchef (so nennt man den Schaffner jetzt wohl) für uns aber alles geregelt, und wir sitzen endlich in den Abteilen. Die vier im übernächsten und wir in unserem mit drei netten, orientalisch wirkenden Männern, die uns gleich anbieten, mit ihnen ihre Knoblauchjause zu teilen. Wir lehnen ab. Sie teilen dann trotzdem, aber nur die Ausdünstungen, die dafür jedoch bis Venedig.

Wäre alles nicht so schlimm, wir könnten vielleicht sogar ein wenig schlafen, aber einer der drei spielt mit seinem MP3-Player seine Lieblingsmusik (seine, nicht meine – Allahu Akhbar!), der zweite zieht die Schuhe aus und legt die Beine neben mir auf meinen Sitz und der dritte quasselt in einer Tour. Gott sei Dank verstehe ich kein Wort von dem, was er mit wem auch immer spricht, denn die beiden anderen ... na ja, einer hört eben Musik und der andere schnarcht schon. Hat auch was Gutes, bei diesem Gesäge hört man die Fahr-geräusche des Zuges nicht mehr.

Ich frage vorsichtig, wohin die Reise geht. Klar! Nach Venedig. Hätte ich mir sparen können. Danke!

Und er hätte sich den Leibeswind sparen können. Leider weiß ich nicht, welcher der drei, was aber auch keinen großen Unterschied macht. Du fragst auch nicht, welche Marke das Auto hat, das dich überfahren hat, oder?

Da fällt mir ein, dass ich auch einen MP3 Player habe und sogar noch irgendwo „Jesus Christ Superstar" drauf ist. Und mein Freund – ich habe den Fensterplatz mit der Steckdose und – ich habe Miniboxen im Koffer! Auf in den Kreuzzug! Wie weiland Gottfried von Bouillon gewinne ich wattmäßig den ersten Kreuzzug und erobere das Heilige Land in Form des Zugabteils für das Christentum zurück. Als er resigniert seine Musik abdreht, lasse ich meine noch zwei Minuten laufen und schalte dann ebenfalls mit einem arroganten Grinser ab. Der hält zumindest die halbe Minute bis zur nächsten olfaktorischen Herausforderung an. Grinst der Typ jetzt etwa? Ich lege den Finger auf den PLAY-Knopf am MP3. Na also! Er grinst nicht mehr.

Auch wenn der Zug Nightjet heißt, die Nacht vergeht leider nicht wie im Fluge. Eher wie bei einer Pinguinwanderung, tempomäßig. Immerhin schließe ich ein paarmal die Augen. Nein, nicht zum Schlafen. Weil sie brennen. Ich mag Knoblauch, aber ...

Wir steigen um 8:30 Uhr in Venedig aus, und ich ziehe mein T-Shirt aus und werfe es in den nächsten Mistkübel. Kein weißer Riese kriegt das je wieder in einen Zustand, in dem es nicht riecht wie eine Hocktoilette im Basar von Istanbul. Meine Jungs haben das meiste tatsächlich verschlafen. Beneidenswert die Konstitution dieser Teenager von heute! War ich auch mal so?

„Wie habt ihr geschlafen?", will ich von meinem Freund wissen.

„Frag nicht!", sagt er. *„Zuerst waren wir ja allein im Abteil, aber dann kamen zwei riesige Eishockeyspieler. Ich habe die ganze Nacht die Beine nicht bewegen können, der Schaffner musste mir aus dem Abteil helfen, und meiner Frau ist das Kreuz eingeschossen! Bei der Rückreise buchen wir einen Liegewagen, oder besser noch einen Schlafwagen!"*

Ja, oft hat man ein Pech! Würde Kurt Ostbahn dazu sagen. Nur erwartet die jetzt ein tolles Venedigerlebnis, also bin ich bemüht gut drauf und reiße einen Witz nach dem anderen, bis ich merke, dass mir niemand zuhört. Alle sechs stehen in einem Kreis und reden in einer komischen Sprache. *„Raids"* und *„Arena"* höre ich und irgendwas über Monster und Bälle und einen Hotspot. *„Voll geile Stadt!"*, sagt eines der Kids (war das einer von meinen?) *„Da wimmelt es ja nur so von Hotspots!"*

Ich bemühe mich zu versichern, dass Venedig wirklich eine heiße Stadt sei, nicht nur von den Temperaturen im August, nein, da pulsiere das Leben und diese magisch-mystische-Ausstrahlung…

„Mann, Papa! Wir reden von Pokemon!" meint einer meiner Söhne. *„Hier wimmelt es von Monstern, voll geil!"*

Ich bin ja selten sprachlos …

Als ich mich wieder gefasst habe, gehen wir los. Es ist noch früh am Morgen, hat also kaum über dreißig Grad und wir haben neun Stunden geruht, der Plan sieht daher vor, die Koffer ins Hotel zu bringen, das ich in weiser Voraussicht nahe am Bahnhof gebucht habe. Und dann habe ich geplant, die Touristenrally, erste Sonderprüfung von der Scalzibrücke zur Rialtobrücke und dann zum Markusplatz mit ihnen zu machen. Venice as Venice can! Wir kommen auch gut voran bis Giuglia, das waren immerhin dreihundert Meter, dann kippt die Frau meines Freundes fast um, und wir machen die erste Pause in einem Schuhgeschäft. Warum Frauen immer vor Schuhgeschäften Kreislaufschwächen bekommen, müsste endlich mal einer in einer Studie untersuchen.

Nach vier weiteren Pausen in klimatisierten Geschäften und einer Pinkelpause samt einstündigem Aufenthalt in einem Café erreichen wir den Rialto tatsächlich. Ich drehe mich um und bemerke, dass die Köpfe meiner Reisegruppe ein Rot erreicht haben, wovon selbst die heißesten Pokemons nur träumen können.

„Wir können keinen Meter mehr!", werde ich unisono informiert. Okay, wir kaufen also Dreitagestickets fürs Vaporetto, was eine knappe halbe Stunde dauert, weil vor uns in der Schlange ein Chinese ist, der sich Opernkarten besorgen will. Wofür leider der gleiche Schalter zuständig ist. Als alle sprachlichen Schwierigkeiten überwunden sind und der Chinese freudig mit den Karten winkend auf seine Frau zugeht (ich dachte immer, die sind gelb, aber die hat auch schon das Rialtorot im Gesicht), reißt ein plötzlicher Windstoß sie ihm aus der Hand und La Traviata schwimmt fröhlich schwankend auf den besten Plätzen der sanften Wellen des Canal Grande. Irgendwie hat er sich das Verdi-ent, finde ich.

Unser Kartenkauf geht schneller. In kaum zehn Minuten halten wir die begehrten Tickets für das Vaporetto, so nennt man in Venedig die Boote, die dort das einzige öffentliche Verkehrsmittel sind, in der Hand. Und zwar fest. Da kann kein Windstoß daran rütteln.

Einige Minuten später sitzen wir im Zweier und schunkeln den Canal Grande rauf bis Ferrovia, von wo wir ja sofort im Hotel sind. Vorher noch eine Kleinigkeit essen, ich empfehle Ginos Pizzeria, da hat es mir noch jedes Mal geschmeckt. Tut es auch diesmal, aber die Frau meines Freundes hat einen empfindlichen Magen. Gott sei Dank hält der, bis wir alle im Hotel sind. Ist ja auf der anderen Straßenseite. Planung ist eben alles!

„Um drei versammeln wir uns im Foyer, dann geht es zum Markusplatz!", töne ich selbstbewusst und ernte ein müdes Nicken. Ab aufs Zimmer. Zwei Minuten später ein Anruf am Handy. Wie man diesen Eiskasten von Zimmer ... also, wo schalte man die Klimaanlage ab? Ich eile in ihr Zimmer, und fünf Minuten später ist auch dieses Problem gelöst. Als ich die Türe schließe, schlafen sie schon alle fest.

Leider meine Söhne auch, und so komme ich nicht in mein Zimmer. Klopf, klopf, klopf! Bumm, bumm, bumm! Irgendwann beschwert sich wohl wer über den Krach und der Rezeptionist kommt mürrisch angetrottet und öffnet mir und schwafelt etwas von Mittagsruhe. Ich nicke demütig, weil ich weiß, dass wir am Abreisetag die Koffer noch im Hotel deponieren müssen, um sie nicht den ganzen Tag herumschleppen zu müssen. Ein kleines Trinkgeld löst dann alle Probleme endgültig. Um halb drei liege ich endlich auch, der Wecker wird auf drei gestellt. Besser eine halbe Stunde Schlaf als gar keiner, denke ich mir und werde um fünf wach. Oh Gott! Was werden die von mir denken? Die stehen sicher schon zwei Stunden unten und warten!

Stattdessen reagieren sie sauer, als ich sie wecke.

„Ich warte seit drei unten! Wo bleibt ihr?", nutze ich die Gelegenheit zu einem Bluff. Etwas schlechtes Gewissen kann nie schaden!

Es war dann noch ein sehr schöner Aufenthalt. Wir haben uns vor der Seufzerbrücke schon nach fünfundzwanzig Minuten durch eine Horde Chinesen bis ans Geländer durchgekämpft, um das obligatorische Bild zu machen, zwischen zwei Pokemoneinsätzen Zeit gefunden, vor der Piazzetta San Marco unabsichtlich eine Japanerin samt Brautkleid in den Canale Guideccha zu rempeln, im Café Florian einen Espresso für 10,30- getrunken und bei der Heimfahrt statt der Eishockeyspieler Basketballer im Abteil gehabt. Liegewagen war natürlich keiner mehr frei gewesen.

Die Kinder fanden die Stadt „*einfach nur geil!*"

Über den darauffolgenden Tag im Büro erzähle ich euch ein anderes Mal!

Solarium

"Wohin geht's im Urlaub?"

Ich muss den Karli das einfach fragen. Nicht, dass es mich auch nur im Geringsten interessiert, aber sowas gehört sich unter Stammtischbrüdern einfach, wenn der Sommer naht und die anderen Gesprächsthemen alle schon gegangen sind. Nicht, dass wir unbedingt Gespräche bräuchten, wir können auch stundenlang schweigend bei unserem Bier sitzen und uns trotzdem köstlich amüsieren, aber ... naja!

"Thailand", sagt Karli mit einem Anflug von Stolz in seinen Zügen und ich denke unwillkürlich an Frau Hackerl.

"Du Sau!"

"Nein, nicht so wie du denkst. Ich fahre mit meiner Frau!"

"Du blöde Sau!"

Wir lachen. Er kennt mich, und ich kenne ihn. Wir drücken uns halt auf diese Weise unsere tiefe Freundschaft aus, das verstehen Außenstehende nicht.

"Sag mal - hast du da gar keine Angst, dass du mit deiner hellen Haut einen Sonnenbrand bekommen könntest?", will ich jetzt wissen. Der Karli schaut nämlich aus wie eine Bandenwerbung vom Schärdinger.

"Nein", sagt er, *"ich gehe ja vorher sechs Wochen lang ins Solarium, 'Basisbräune brauchst du schon!' sagt meine Alte. Kostet zwar jedes Mal so viel wie vier Bier, aber ... ja mei!"*

Ich nicke wissend. Eigentlich eine gute Idee, finde ich. Sollte ich auch machen. Schließlich ist mein Sommerurlaub im Himalaya schon gebucht, und da auf den Bergen oben - na, das Ozonloch ist nicht zu unterschätzen! Ich fange an zu lachen, was Karli zu der Unvorsichtigkeit verleitet, mich zu fragen, was denn so lustig sei.

"Ach, mir fiel nur ein alter Witz ein. Weißt du, warum der Bischof Krenn nach seinem Tod nicht in dem Himmel kam?"

"Hä? Nein!"

"Weil er mit dem Arsch nicht durchs Ozonloch passte."

Wir lachen, bis wir merken, dass das Bierglas schon wieder leer ist, was uns schlagartig auf den Eichenboden der wirtshäuslichen Realität zurückholt.

"Maria!"

"Das letzte heit, es zwoa Bsuff", schallt es im tiefsten oberösterreichischen Dialekt aus der Küche zurück, *"mir ham glei Sperrstund."* Wir nicken, was Maria nicht sehen kann und setzen unsere angeregte Unterhaltung schweigend fort, bis das letzte Bier auch weg ist.

Am nächsten Tag, also am Samstag, fahre ich auch schon in die Stadt. Ins Solarium. Topmodernes Fitnesscenter, sage ich euch! Aber mir geht es nicht um Schweiß, mir geht es um eine elegante, olivfarbene Bräunung meiner straffen Haut. Ja, ja, straff vor allem am Bauch, das Bauchfett kannst du nicht im Solarium verbrennen, das musst du im Wald verrennen, spart es euch!

"Grüß Gott", sage ich eine Spur zu laut. Der sei gerade nicht da, keift die Dame an der Rezeption - ja, eine Rezeption, nicht einfach nur Empfang, ist ein feines Fitnesscenter - zurück. Ob sie was für mich

tun könne? Ich sehe sie mir an. Tief gebräunt, ich schätze sie auf etwa 45 bis 85, bei der Lederhaut kann man das kaum enger eingrenzen. Ihre Nase spitz genug, um eine Thunfischdose aufzukriegen, die Augen liegen so tief in ihren Höhlen wie ein alaskischer Grizzly im Januar.

"*Nein, lieber nicht, danke.*", antworte ich, "*Ich möchte eigentlich nur das Solarium.*"

Sie hat die Anspielung nicht mitbekommen. Gott sei Dank! "*Wie lange*", knarrt es von irgendwo dort, wo andere Frauen die Stimmbänder haben, und wo man bei ihr aber nur Hautlappen sieht, die mich augenblicklich an einen zu langen Wohnzimmervorhang erinnern.

Ich erörtere ihr, dass ich keine Ahnung hätte, was da normal sei. Stunde? Zwei? Sie lacht. Ich muss beim Anblick ihrer Zähne an den Film "*American Werewolf*" denken. Ich sollte mal mit zehn Minuten anfangen, schlägt sie vor. Sonst würde ich nachher aussehen wie ein Grillhähnchen.

Nein, das wolle ich allerdings nicht. Ein schöner, olivfarbener Teint wäre absolut ausreichend, ja? Warum lacht Ötzi schon wieder? Ah - ob ich gleich einen Zehnerblock wolle? Wäre 15% günstiger und - nichts für ungut - bis zu einer gebräunten Haut würde ich die zehn Applikationen schon brauchen.

Applikation? Bin ich im Computerladen? Anwendungen, erklärt sie. Ja, ich wüsste schon, was eine Applikation sei, kontere ich. Sie zeigt mit ihrem Ötziarm in Richtung der Boxen. Die ist Veganerin, jede Wette. Und mit Sicherheit laktoseintolerant, Nichtraucherin, allergisch auf alles, was Kalorien hat und zudem Antialkoholikerin. Mir sind ja laktoseintolerante Leute (wie alle intoleranten Leute) generell suspekt. Säugetiere, die keine Milch vertragen? Geht's noch? Aber seit ich mal eine im Bioladen gefragt habe, ob sie das Gefühl hätte, dass Gott wollte, dass sie lebt, sag ich das lieber nicht mehr. Wenn ich laktoseintolerant wäre, würde ich wie ein richtiger Mann einen Doppelliter Milch auf Ex runterkippen und dann aus Protest in den Reformladen kotzen, bevor ich mit Stil und anaphylaktischem Schock abtrete. Jawohl!

"Box drei bitte. Rufen Sie, wenn sie bereit sind. Möchten Sie nachher eventuell eine Hautpflege auftragen lassen?"

Ich weiß, es ist nicht nett von mir, das abzulehnen. Aber ich glaube, es liegt nicht primär an der Ablehnung, eher an der Art, wie ich es ablehne, dass sie jetzt ein finsteres Gesicht macht. Habt ihr schon mal Ötzi mit finsterer Miene gesehen? Kein schöner Anblick! Ach ja - was sage ich?

"Nein, danke, keine Pflege. Ich sehe ja, was so eine Lederpolitur anrichten kann."

Zwischen ihr und mir herrscht wirklich unverfälschte, pure gegenseitige Sympathie.

Ich betrete die Box, ziehe mich aus und lege mich hin. Dann rufe ich, dass ich bereit sei: *"Einmal Ober- und Unterhitze bitte!"* Das blaue Licht geht an. Blendet ziemlich, aber wenn so viele Leute das machen, kann es nicht gefährlich sein. Und in der Tat tut das nach kurzer Zeit richtig gut auf der Haut, und ich ... schlafe ein.

Als sie dann die Tür auf- und mich damit aus dem Schlaf reißt, fühlt sich mein Körper irgendwie heiß an.

49

"Mann, wie lange liegen Sie da jetzt?", fragt mich eine junge Frau. Ötzi ist nirgends zu sehen. Vermutlich nach Hause gegangen, in die Gerberstraße.

Ich sehe auf die Uhr. Über eine Stunde. Sie hat es sich also doch anders überlegt. Irgendwie geht es mir nicht gut. Meine Augen brennen auch so komisch, und ich sehe unscharf. Aber die Brandblasen sehe ich. Ich will wissen, ob das dazu gehöre?

"Um Gottes Willen, nein! Und das bei dieser Stufe!" Ich sehe blankes Entsetzen in ihren Augen, die nicht halb so tief in den Höhlen liegen wie bei ihrer Kollegin.

Nein, ich habe sie nicht verklagt. Und nach zwei Wochen auf der Luftmatratze konnte ich ja auch schon wieder in einem normalen Bett liegen. Dafür schenkten sie mir übrigens ein Dreijahresabo für das Solarium. Und im Urlaub am Himalaya traf ich Reinhold Messner. Tatsache! Der erzählt jetzt zwar nicht mehr, dass er den Yeti gesehen hätte, aber dafür verbreitet er die Mär, einen lebenden Ötzi getroffen zu haben.

Zeitumstellung

Man liest so viel über die Sinnhaftigkeit und auch über die Sinnlosigkeit der alljährlichen, zweimaligen Zeitumstellung. Mir persönlich war das ja immer egal, aber anscheinend belastet der damit verbundene gestörte Schlafrhythmus die eh schon vom Aussterben bedrohte cisalpine Haselmaus, weshalb dringender Handlungsbedarf besteht.

Nach langer und intensiv geführter Debatte zeichnet sich nun endlich eine Regelung ab, mit der niemand leben kann. Was aber auch heißt, dass keiner dem anderen einen Sieg gönnen muss, also eine typisch österreichische Regelung (*"Mir ist es wurscht, ob ich arm bin, so lange der Nachbar noch weniger hat als ich!"*)

Ab dem 4. November gilt nun also die neue Regelung. Die SPÖ wollte ja den 1. Mai, aber diesen Sieg gönnte ihr die ÖVP nicht, der wiederum der 26. Oktober oder der 15. August (*"0815 - typisch christlich-konservative Marienanhänger!"*, meinte Rendi-Wagner) abgeschlagen wurde. Der Vorschlag der FPÖ, den 20. April als Umstellungszeitpunkt zu wählen, fand auch keine Mehrheit. Die NEOS wollten den 30. Februar, das wäre fast akzeptiert worden, bis Pilz aufdeckte, dass es den gar nicht gibt. Also blieb es der 4. November. Die Uhrzeit der Umstellung wurde mit 11:11 einstimmig angenommen.

Wie sieht die neue Sommerzeitregelung nun aus?

Zuerst einmal - sie wird nicht Sommerzeitregelung heißen, sondern "Flexibles Uhrzeitkonto". Als Präsident der neu geschaffenen Zeitverwaltungsbehörde ist ÖVP Multitalent Mahrer im Gespräch. Ein eigenes Zeitministerium wurde abgelehnt - man wolle an den Ministergehältern sparen, erklärte Johann Gudenus, der sich in der Zeitverwaltungsbehörde um die gestrigen Agenden kümmern soll.

Die Regelung selbst ist föderalistisch. Jeder Bezirksverwaltung wird freigestellt, die Uhrzeit selbst zu wählen. Lediglich in Wien wird es eine einheitliche Regelung geben, betonte Bürgermeister Ludwig: Die Uhrzeit in jedem Bezirk wird nach der Uhr am Steffel eingestellt, wobei die Bezirksnummer subtrahiert wird. "*Das ist nur logisch. Wenn Sie in die Außenbezirke fahren, sagen wir vom 1. in den 22., dann sparen Sie so 21 Minuten Ihrer wertvollen Zeit! Und zurück in die Innenstadt will eh keiner.*"

Weiters wurde festgelegt, dass der Tag maximal zwölf Stunden dauern darf. Die Nacht wurde nicht reglementiert. Die WKO nennt das einen Kompromiss, die AK einen Anschlag auf alle Schicht- und Nachtarbeiterinnen, und die Kirche betrauert die Möglichkeit, sich nachts um die Ministranten kümmern zu können.

Für die zu erwartenden Probleme bei bezirksübergreifenden Wegstrecken insbesondere bei den öffentlichen Verkehrsmitteln setzte die FPÖ eine Grenzschließung inklusive genauer Passkontrollen durch. "*Endlich werden die braven Leute im Bezirk Braunau vor diesen linkslinken Chaoten aus den umliegenden Bezirken geschützt, liebe Freunde!*", soll ein niederösterreichischer FPÖ Mandatar gesungen haben. Auswendig, ganz ohne Liederbuch.

Letzter Punkt: Die neue Regelung gilt bis zum Ende der Republik Österreich und wird dann noch einmal evaluiert und überarbeitet.

Veganismus ist sexistisch!

Sonntagabend, Grillzeit! Ich wende gerade den Schweinsbauch, als meine Jungs angetrabt kommen. Es rieche gut, meinen sie, aber sie hätten nach dem Essen noch eine Bitte an mich.

„Klar, kein Problem!" Ich bin bester Laune, es riecht nämlich wirklich verführerisch. *„Worum geht's denn?"*

Nun ja, sie hätten fast vergessen, dass sie morgen ein Referat in Bio hätten. Klar, fast vergessen. Kein Verantwortungsgefühl! FAST vergessen! Warum vergessen sie es nicht einfach ganz? Die machen das immer so, und der Papa muss es dann richten. Aber Biologie ist okay, da kenne ich mich ja ganz gut aus. Ich sage also zu.

Wir essen. Salat hat die Mama hergerichtet, das Grillen ist meine Aufgabe. So, wie das immer war, so wie es immer sein wird. Wir sind da traditionell matriarchalisch geprägt: Wenn etwas stinkt und raucht und schmutzig ist, macht das der Papa. Danach setzen wir uns an ihren Schreibtisch und gehen das Referat an.

„Welches Thema hat sie euch gegeben?", will ich wissen.

„Warum leben wir nicht vegan?" sei das Thema, eröffnen sie mir unisono. Mir bleibt der Mund offen. War ja klar, die vegane Kampfemanze von Biolehrerin mag unsere ganze Familie nicht, seit ich ihr beim letzten Elternabend ein Kompliment zu ihrem Dreitagesbart gemacht habe. Das war bei der komplett verkehrt, obwohl die so fanatisch ist, dass sie sogar das „man" in „Emanzipation" gendert. Wie ihre Lebensgefährtin das mit ihr aushält, das wissen die SternInnen.

„Puhh, ich würde sagen, da hat sie versucht, euch ein Ei zu legen. Eines aus Sojaeiweiß natürlich.", lache ich gequält.

„Wieso versucht, Papa? Sie HAT uns eins gelegt!"

Ich stelle mir die alte Henne beim Eierlegen vor und bekomme eine Gänsehaut.

„Nöööö, hat sie nicht. Passt auf, wir legen das so an:" Sie lauschen gebannt, wie immer, wenn Papa was anderes sagt als *„Tut, was Mama euch befohlen hat!"*

„Also!" (dramatische Pause) *„Ihr schreibt folgendes auf:*

Wir leben nicht vegan, weil Veganismus extrem sexistisch ist!"

Sie staunen mich ehrfürchtig und ungläubig an. Warum sei Veganismus sexistisch, lese ich in ihren Augen und fahre fort:

„Sie wird euch unterbrechen und fragen, warum denn das? Darauf erklärt ihr der Dame den Sachverhalt wie folgt:

Erstens können wir nicht nur von Salat leben, weil Mama zu Papa immer sagt: Du bist sogar zum Salatwaschen zu blöd! Das ist natürlich total sexistisch gegenüber dem Papa, hat aber auch eine reziproke Komponente: Würde er das Salatwaschen lernen, während Mama zum Beispiel das Reifenwechseln bei unserem Auto einfach nicht hinbekommt, dann würde ihm das eine überlegene Stellung im Haushalt einräumen, und das wiederum wäre sexistisch gegenüber der Frau."

„Du bist genial, Papa! Das stimmt sogar alles!"

„Pscht!" (dramatische Pause) *„Es geht noch weiter. Das zweite Argument ist – seid ihr eigentlich von der Biolehrerin schon aufgeklärt worden?"*

Sie nicken eifrig.

„Gut, also, ihr fahrt fort mit:

Vegane Lebensweise impliziert auch, dass man kein Fleisch in den Mund nehmen darf, was der Frau gegenüber dem Mann einen Nachteil bei oralen Varianten in der Sexualität bringen würde."

Sie werden nicht einmal rot. Das war vor einem halben Jahr noch anders. Muss mir mal ihre „Freunde" ansehen, ob die nicht schon einen BH tragen.

„Papa! Sowas Ähnliches hat der Hansjürgen in Bio bei der Aufklärung auch schon gesagt. Die Lehrerin wurde rot und meinte nur, also in den Mund nehmen dürfe man schon, nur nicht ..."

„... schlucken. Tierisches Eiweiß. Genau das meine ich!"

„Papa!!!"

„Okay, den Punkt könnt ihr meinetwegen auch weglassen. Aber das dritte Argument ist unwiderlegbar und nicht entkräftbar!" (dramatische Pause)

„Veganismus beinhaltet das Verbot, Nahrung von höheren Lebewesen als Pflanzen zu sich zu nehmen, selbst wenn diese dabei nicht zu Schaden kommen. Deshalb darf man ja beispielsweise auch keine Milchprodukte essen, weil zur Gewinnung von Milch Tiere gehalten werden müssen. Dabei kommt es nicht auf die Qualität der Haltung an, Veganismus lehnt JEDE Haltung von höheren Lebewesen zur Nahrungserzeugung ab."

„Stimmt genau, Papa! Aber warum ist das sexistisch?"

Lange dramatische Pause, dann EIN Wort:

„MUTTERMILCH!"

Sie sind verwirrt. Dass ich das jetzt auch noch erklären muss, enttäuscht mich.

„Muttermilch ist bei Veganern erlaubt. Was nach obiger Definition im Umkehrschluss heißt, dass eine Mama kein höheres Wesen wäre und sogar unter den Tieren ...

Also, wenn DAS nicht sexistisch ist ..."

Ich erzähle euch dann am Dienstag, wie das Elterngespräch mit der Biolehrerin war, zu dem sie mich sicher nach diesem Referat einladen wird. Ich hoffe, sie wird sich diesmal vorher rasieren.

Es ist ein Witz!

"Kennst du den?", hebt Karli bei unserem letzten Stammtisch an, *"Treffen sich zwei Blondinen."*

"Halt!", brülle ich, dass der Huber Gustl am Nebentisch in erschrockener Ergriffenheit seine gerade halb ergriffene Halbe vor Schreck zu drei Vierteln verschüttet.

"Was?", brüllt der Karli zurück. Jetzt ist auch der zweite Versuch am Nebentisch gescheitert, und das Bier breitet sich in einer Pfütze aus, deren östliche Ausläufer langsam die Tischkante erreichen und dem semikomatösen Gustl demnächst in den Schritt tropfen werden.

"Du kannst keine derartigen Witze mehr erzählen, die sind frauenfeindlich. Sowas geht gar nimmer!", bringe ich mein in einer lehrreichen Diskussion mit einer Internet-Feministin erworbenes Wissen ins Gespräch ein.

"Ahso? Na gut, dann halt den: Treffen sich zwei Polizisten ..."

"Nein, das geht auch nicht. Außerdem müsstest du das geschlechtsneutral formulieren und 'Polizisten und Polizistinnen' sagen!"

"Dann ist aber der Witz kaputt, weil der funktioniert nur mit männlichen Polizisten, die eine Frau aufhalten, verstehst?"

"Um Gottes willen!" Ich bin erschüttert. *"Der wäre dann ja sowohl männerfeindlich als auch frauenfeindlich. Sexistische Witze gehen heutzutage einfach nicht mehr durch, Karli!"*

"Das verstehe ich nicht. Darf man keine Witze mehr über Männer machen?"

"Doch, aber nur, wenn sie nicht deshalb lustig sind, weil die Männer Männer sind. Das wäre dann insofern sexistisch, weil man implizit wieder den Geschlechterunterschied thematisiert."

"Hm, okay, Männerwitze ohne Männer... Treffen sich zwei Transen ..."

Irgendwie versteht der Karli mich nicht. Ich erkläre ihm, dass sowas schon gleich gar nicht geht. Ob er nicht einen Witz habe, in dem weder Männer noch Frauen, noch Homosexuelle und so weiter vorkommen? Er denkt kurz nach, Karli ist eine Witzfabrik, müsst ihr wissen.

"Also gut. Zwei Beamte unterhalten sich bei der Arbeit. Was auch schon der Witz war. Endlich konnte ich einen fertig erzählen." Er grinst wie ein Honigkuchenpferd.

"Geht auch nicht. Berufsgruppen darf man auch nicht diffamieren."

"Diffamieren kenn ich nicht, aber lustig machen geht auch nicht? Nicht einmal über Beamte?"

"Nein. Maximal über Politiker, und das ist selten witzig."

"Apropos Politiker. Treffen sich drei Nutten ..."

"Das heißt Liebesarbeiterinnen mit Bordsteinhintergrund und geht auch nicht. Weißt keinen anderen?"

"Hmmm. Doch. Pass auf. Drei Schnecken sitzen auf dem Bahngleis. Pass auf, da kommt ein Zug! Knack! Wo? Knack! Da! Knack!"

Ich muss mir das Lachen verkneifen, als ich Karli erkläre, dass man Witze, bei denen Tiere zu Schaden kommen auch nur dann erzählen sollte, wenn weder die Maggie Entenfellner noch sonst irgendeine Vierpföterin oder Veganerin anwesend ist.

"*Wieso sagst immer -in am Ende? Sind Veganer nicht so problematisch?*" Problematisch? Das hat er neu im Wortschatz. Er ist stolz darauf, das merkt man ihm regelrecht an.

"*Nein, doch, aber die sind mitgemeint, wenn ich die weibliche Form verwende. Das nennt man 'generischen Feminin', weißt? Ist modern, den zu verwenden. Da schaust gleich wie eine intellektuelle Feministin aus.*"

"*Ah, okay. Also, da treffen sich zwei Steuerhinterzieherinnen ...*"

"*Karli! Der ist ja schon wieder sexistisch!*"

"*Nein, weil Steuerhinterzieher sind ja mitgemeint! Aber ich erzähl dir Trottel jetzt eh keinen Witz mehr. Da vergeht einem ja jeder Humor mit dir! Worüber darf man sich denn überhaupt noch lustig machen?*"

"*Über sich selbst?*"

"*Aber nur, wenn man es politisch korrekt formuliert, oder?*"

"*Ähm, ja, denke schon.*"

"*Dann sage ich dir jetzt eines. Wer meine Witze nicht verträgt, ist selbst schuld, dass er eine humorlose Menschenfeindin ist, oder dass sie ein humorloser Trottel ist, oder umgekehrt oder wie auch immer. Mir kommt das schon alles durcheinander. Mitzi, bringst mir noch ein Bier, meine Hübsche?*"

Die Mitzi grinst ihn an. "*Was hat das jetzt mit meiner Arbeit als Kellnerin zu tun, dass ich hübsch bin, du Chauvinist?*"

Und das war dem Karli dann doch zu viel. Er hat sich den Gustl geschnappt und ist abgerauscht. Im Sinne des Wortes.

Treffen sich zwei Besoffene ...

Qualtag

Der Karli redet immer noch nicht mit mir. Aber man hat ja mehrere beste Freunde, nicht wahr? Den Leonhard zum Beispiel. Der ist in der Bestefreundeliste zwar nicht im Spitzenfeld, aber ... in der Not frisst der Teufel Fliegen. Soll heißen: geht der Günter wandern. Weil der Leonhard (sag niemals „Leo" zu ihm, sonst zerreißt er dich wie der Löwe, der in seinem Namen steckt, ein Zebrajunges) aber ein Antialkoholiker, Wirtshausvermeider und zertifizierter Pessimist und Griesgram ist, deckt eine Nachmittagsdosis Leorenn den Jahresbedarf. Leo räumt die Lunge auf.

Bin also nach über einem Jahr mal wieder mit ihm wandern gegangen. Da quatschen wir dann über Gott und die Welt, tauschen unsere Ansichten aus (zumindest so lange, wie ich Luft habe) und verbessern die Welt, nur um am Abend zu sehen, dass das der Welt scheißegal ist.

„Leo, wo gehen wir heute hin?", frage ich ihn am Sonntagmorgen, als er mich bereits um sechs abholt – in voller Montur, gerade der Helm und die Kletterausrüstung fehlt, sodass mir schlimmste Befürchtungen kommen.

Wenn Blicke töten könnten!

„Du weißt, dass ich es hasse, wenn man meinen Namen verunstaltet!", rügt er mich.

„Sorry! Kommt nimmer vor, Leo...nhard! Also, wohin geht es heute?"

Er erklärt mir, dass wir auf den Brunnkogel gehen. „Kogel" klingt wenigstens nicht so steil wie „Berg", denke ich, das wird schon passen. Wo der nämliche Hügel denn sei, will ich wissen?

„Langbadsee, noch ein Stück zurück und dann über die Schaflucken rauf.", informiert er mich, was mich endgültig beruhigt, und zwar aus zwei Gründen: Erstens sind Seen meist eher flach (weshalb man beim Wasserski motorische Unterstützung benötigt) und zweitens denke ich, dass ich überall raufkomme, wo Schafe das auch schaffen. Ich schwindle zwar selten, aber ganz schwindelfrei bin ich doch nicht. Als ich letztens die Glühbirne wechselte und auf den Sessel in der Küche stieg, schwankte alles in mir. Bis ich bemerkte, dass das so ein Schwingsessel war. Na ja, nobody is perfect, und der auch nicht in Allem!

Die ersten zwei Stunden des Ausflugs bestätigen mich vollkommen. Anreise mit dem Auto nach Ebensee, weiter zum vorderen Langbadsee, früh dran, daher noch einen guten Parkplatz, bevor die Halbschuhtouristen einen Sonnenölfilm auf den kleinen Gebirgssee zaubern, dass man glauben möchte, da unten sprudle die ergiebigste Petroleumquelle der Ostalpen. Diese Weicheier! Dann weiter zu Fuß, fast eben geht es dahin, zu, hinteren Langbadsee. Zwanzig Minuten nur, sagt der Leo...nhard, das beruhigt mich. Es werden dann doch vierzig, weil mitten am Weg eine Kreuzotter ihr morgendliches Sonnenbad nimmt, noch zu steif, um sich vertreiben zu lassen, und der Leo...nhard panische Angst vor Schlangen hat. Das Einzige, wovor er sich fürchtet, gut zu wissen! Ich liebe Schlangen und lasse ihn ein wenig schwitzen (und mich verschnaufen, das Aas geht mit Siebenmeilenstiefeln), bevor ich mit einem kleinen Stock das arme Tier aufhebe und in den nächsten Busch trage, während Leo...nhard vor Angst zitternd in katatonischer Starre am Weg steht, das rechte Bein immer noch zum Schritt erhoben, genau in der Stellung, in der er erstarrte, als er die kleine Schlange sah. Als das Tier außer Sicht ist, löst sich die Starre langsam. Sein rechter Nasenflügel zittert zumindest bereits wieder. Leider! Ein paar Minuten Pause hätten mir noch ganz gutgetan.

Er blickt auf meine neuen Bergschuhe. Den Fehler, mit ihm in Turnschuhen wandern zu gehen, mache ich sicher nicht mehr. War also gestern noch beim Deichmann und hab' zwanzig Euro investiert. Okay, ein wenig zu groß, aber das wird schon gehen, mit zwei paar Tennissocken.

„Neu?", fragt er, nachdem er sich langsam vom Schlangenschock erholt hat und zumindest die Kiefer wieder bewegen kann.

„Ja, klar."

„Tennissocken?", fragt er?

„Ja! Zwei übereinander.", grinse ich stolz.

„Naja, bis wir wieder herunten sind, sind sie eingegangen."

„Seit wann sind wir per SIE?", frage ich ihn verblüfft.

„Nicht du. Die Schuhe. Wanderschuhe muss man eingehen, sonst kriegt man Blasen."

„Deshalb zwei Paar Socken!"

„Ja, sehr clever. Mit Nähten."

War das so etwas wie ein Grinsen? Der Leo...nhard grinst sonst nie. Da ist was im Busch, und es ist keine Kreuzotter. Egal, wir gehen weiter, der hintere Langbadsee ist nur ein besserer Teich und dementsprechend plötzlich ... aus. Wir stehen vor einem Schotterfeld, oberhalb türmt sich eine Felswand auf, bei der ich nach hinten umkippe, wenn ich versuche, das obere Ende zu sehen.

„Leo!", rufe ich, völlig darauf vergessend, dass ich den Namen nicht massakrieren darf, „Wir haben uns verlaufen! Da geht's nicht mehr weiter!"

Er unterdrückt seine Wut und erklärt mir, dass das schon stimme. Da würden wir rauf gehen.

„Rauf? Und wo?", versuche ich vergeblich, den Eingang der blauen Umfahrung zu diesem schwarzen Aufstieg zu finden.

„Na da!" Er zeigt auf die Felswand. „Da geht der Schafluckensteig durch. Nicht tragisch, ist ein Wanderweg und gut gesichert, nichts zum Klettern. Einfach am Drahtseil festhalten und nur nach vorne schauen!"

„Leo...nhard, bist du komplett deppert jetzt? Du weißt, dass mir schon schwindlig wird, wenn ich mich nur auf die Zehen stelle."

„Dazu bist du sowieso zu unsportlich. Gemma!" Und ohne sich umzudrehen marschiert er los. Inklusive Rucksack mit Bier und Autoschlüsseln.

Feig will man halt auch nicht erscheinen, also schlendere ich ihm nach. Nicht lange, dann macht er mir Beine mit der Bemerkung, dass man länger Angst habe, wenn man langsamer gehe. Und länger Durst. Ich bin logischen Argumenten immer zugänglich. Vor allem, wenn es um Durst geht.

Anfangs war es ja nicht so tragisch. Ich dachte schon, okay, hat von unten wilder ausgesehen, als es ist, bis wir ... nun, der Steig geht in

Serpentinen durch die Wand, ist einen Meter breit, an der Wand mit einem verrosteten Drahtseil gesichert, das hundertprozentig aus-reißt, wenn es darauf ankommt, das weiß ich so sicher wie meinen Namen. Ich halte mich trotzdem krampfhaft daran fest und ziehe meine Hand daran entlang, ohne loszulassen, denn rechts geht es 150 Meter senkrecht runter. Geschätzt. Ich hasse Schätzungen und versuche, runter zu spucken und die Zeit zu stoppen. Was daran scheitert, dass ich kein Fitzelchen Speichel habe. Na, dann halt ein Stein. Eins, zwei, drei, ...

„Bist du komplett deppert?", brüllt Leo...nhard mich an, dass ich vor Schreck fast dem Stein hinterher springe, woran mich nur die ums Drahtseil gekrampfte Hand hindert. *„Was, wenn der Stein da unten wem auf den Kopf knallt?"*

„Dann spart der sich wenigstens diesen Wahnsinn und ist als Leiche noch in einem Stück!", blitze ich ihn an und muss jetzt meinerseits nach oben schauen, ob da nicht etwa ein Stein ...

Er schüttelt nur den Kopf und geht weiter. Und ich muss wohl oder übel mit, weil umdrehen tät ich mich da nicht trauen. Viel zu eng. Vom eventuellen Gegenverkehr mal ganz abgesehen. Und von den Stellen, wo das Drahtseil durch eine Öse läuft, denn da muss ich wohl oder übel für Sekundenbruchteile loslassen und ungesichert ... ich will gar nicht daran denken.

Aber der Leo...nhard scheint jetzt doch ein schlechtes Gewissen zu haben, weil er von sich aus ein Gespräch beginnt. Macht er sonst nie, der Griesgram.

„Na, wen wählst du denn im Herbst?"

Nur jetzt nichts Falsches sagen. Wenn der mich hier allein lässt, bin ich verloren. Dann verdurste ich in der Wand oder falle schon vorher runter, wenn ich vor Erschöpfung bewusstlos werde und dabei falle ich vermutlich irgendwem auf den Kopf, und bei meinem Pech ist das sicher keine zwanzigjährige, rassige Schwarzhaarige, sondern ein bierwamperter Pensionist mit Hautausschlag. Mich schaudert bei dem Gedanken, wie unsere Bäuche aufplatzen und sich die Gedärme verschlingen. Nein, ich sag lieber nichts.

„Äh..." Wieder eine Öse. Nur jetzt die Konzentration nicht verlieren.

„Ja, so geht es mir auch.", meint er wohlwollend und lässt mich Hoffnung schöpfen, „Das wird wirklich die Wahl der Qual!"

„Äh ... ja!", stimme ich ihm bei, während die erste Blase auf der rechten Ferse leise „Grüß Gott" sagt.

„Da hat man echt die Wahl der Qual!", fährt er fort. „Da kannst du die Grünen wählen, wenn du willst, dass weiterhin alles so lange zu reglementiert wird, bis man ein Gesetz braucht, dass man nicht mehr auf die Straße darf, weil die Gefahr, sich an all den Schildern den Schädel einzurennen oder irrtümlich ein Gesetz zu übertreten, einfach zu groß wird."

„Äh ... ja!" Die linke Hand tut weh. Aber ich werde sicher das Drahtseil nicht loslassen! Jedenfalls nicht bis zur nächsten Öse.

„Oder die Blauen, die seit zwanzig Jahren nichts Besseres zu tun haben, als über Ausländer zu schimpfen und sich zugleich freuen, dass die immer noch kommen, weil sie sonst nichts zu schimpfen hätten. Ist ja pervers. Da hilft dem unfähigsten Zahntechniker keine noch so dicke Brille, der wird nicht g'scheiter und nicht einmal g'scheiter aussehen!"

„Äh ... ja!" Hoppala, der linke Fuß zieht blasenmäßig nach. Das ist ja quasi die Tour de France der körperlichen Leiden hier!

„Die Schwarzen kannst auch nicht wählen, die sind jetzt zwar neu und türkis wie das Meer in einem Hollywoodfilm, aber der Vorwahlschmäh mit der Abgabensenkung ist immer noch der Gleiche, nur damit sie nach der Wahl ein neues Steuerpaket schnüren können. Und das Milchbubi traut sich ja nicht einmal ins politische Tagesgeschäft, nur damit ihm keiner die Pomade aus den Haaren kratzen kann."

„Äh ... ja!" Nein, bitte jetzt kein Muskelzittern im Oberschenkel. Einen Krampf kann ich jetzt echt nicht brauchen. Bitte nicht! Melde dich, Blase an der Ferse, und lenk' den Oberschenkel ab! Bitte!

„Oder die Roten, wo die Rechtslinke nicht weiß, was die Linkslinke macht! Die werden die neue ÖVP, wenn die mit der Selbstzerfleischung so weitermachen!"

„Auu ... äh ... ja!" Das „Auu" war der rechten Ferse geschuldet, die auf mich hört, schmerztechnisch einen Ausreißversuch unternimmt und erfolgreich vom Feld wegkommt. Wieder eine Öse, jetzt höchste Konzentration!

„Oder die Rosaroten. Als Wiener würde ich die wählen, aber nicht als Österreicher. Die kümmern sich ja auch nur um Wien, als wenn es sonst nichts gäbe. Dabei ist der Gründer, der oberste Worthülsendrescher eh ein Gsiberger gewesen!"

„Äh ... auu ... ja!" Team Linksferse hat den Ausreißversuch bemerkt und Team Oberschenkel dazu überredet, im Hauptfeld Tempo zu machen. Auch Team Hand zieht mit. Das Entlangschleifen am Drahtseil hat die Haut dazu bewogen, sich über die volle Länge des Seils gleichmäßig zu verteilen.

„Ah schau, jetzt sind wir gleich durch den Steig durch. Jetzt geht es gemütlich dahin!"

Tatsächlich! Ich hab's überlebt! Nur nicht stehenbleiben und die Schuhe auszuziehen. In den Blutlachen könnte sonst noch einer ausrutschen. Einer wie der Leo ... ein diabolisches Lächeln spielt um meine Lippen.

„Leo, können wir kurz stehenbleiben? Ich müsste mal die Schuhe ..."

„Vergiss es! Da kommst du sonst nie wieder rein. Ist eh nicht mehr weit, dann gibt es ein Gipfelbier, okay? Und nenn mich nicht Leo, verflucht nochmal!"

Der Gedanke daran erhält mich die zwei Ehnichtmehrweitstunden am Leben, bis zum Gipfel des Brunnkogels, wo es komischerweise keinen Brunnen gibt. Die Schuhe bleiben an den Füßen. Werde ich am Abend operativ entfernen müssen, aber egal, ich spüre sie eh kaum noch. Jedenfalls in Relation zu anderen Körperpartien. Das Ausziehen der Unterhose wird auch ein eher unerfreulicher Akt werden, fürchte ich.

Nach einer Stunde Gipfelrast und zwei Bieren (der Leo...nhard trinkt Apfelsaft) kommt mir ein Gedanke.

„Leo...nhard? Wo geht es da eigentlich wieder runter?"

Er lacht, nickt in Richtung des Weges, den wir gerade gekommen sind, und ich weiß Bescheid. Ich packe mir schon mal ein paar Steine in die Taschen und werde ihn vorangehen lassen. Und ER glaubt, das

Schlimmste, was in diesem Jahr auf ihn zukommen wird, seien die Wahlen!

„Günter? Warum schaust du auf einmal so fröhlich drein?"

Ein kalter, verregneter Sommer

„Ich sag dir was", meint eine liebe Freundin, *„das wird heuer ein kalter, verregneter Sommer!"*

Ich blicke von meinem Buch auf. Es ist Ende April, und wir sitzen im T-Shirt auf der Terrasse, beziehungsweise liegen im Liegestuhl in der für diese Jahreszeit ziemlich warmen Sonne.

„Wie kommst du jetzt darauf?", frage ich etwas verwundert und verscheuche eine Fliege. Die sind früh dran heuer.

„Na, März und April waren schon so warm. Dafür wird der Sommer scheiße. Ist doch immer so, oder?"

Ich widerspreche nicht. Da ist schon was Wahres dran. Logisch ist es zwar nicht, aber logisch ist auch nicht, dass man im Lotto gewinnt, wenn man immer spielt, und trotzdem urlaubt der Manuel mit Familie jetzt auf den Malediven. Seinen Job hat er gekündigt. Ihn könne das kalte Wetter hier mal, hat er gemeint, und dass er jetzt mehr Zeit im Süden verbringen würde. Lotto sei Dank!

„Magst noch einen Kaffee?" Ich freue mich immer, wenn sie mich mal wieder auf ein Tratscherl besucht. Eh viel zu selten.

„Nein, zu heiß, danke. Ein Sommergespritzter wäre nett."

Ich lache und bereite einen zu. Solange es noch Sommer ist, meine ich augenzwinkernd, sie lacht, dann lesen wir weiter. Wenn ich gewusst hätte, wie dieser Sommer wirklich wird …

***

„MAI BRICHT ALLE REKORDE" lautet die Überschrift in der heutigen Zeitung. Ja, stimmt. Kann mich nicht an ein Jahr erinnern, indem ich die Heizung schon Anfang Mai ab- und dann nicht mehr angestellt habe. Die Rollos im Wintergarten sind seit vier Wochen zu, trotzdem hat es da täglich über 30 Grad. Im Haus selbst geht es, angenehm wohlige 23 bis warme 24, je nachdem, ob ich die Türen zum Wintergarten zumache – oder ob die Kinder zuhause sind. Die machen grundsätzlich keine Türen zu.

Ich schreibe meiner Freundin ein whatsapp: *„Hab' soeben die Pelzjacke rausgesucht. Der Sommer fängt wirklich arktisch an!"*

„Wart's ab!", kommt zurück. *„Noch ist es erst Ende Mai!"*

Mitte Juni öffne ich das erste Mal seit langem die Kellertür und mache mich auf die Suche nach dem Klimagerät. Das muss da irgendwo sein. Glaube ich zumindest. Bis mir einfällt, dass ich das ja mal mit ins Büro genommen habe. Okay, dieses Wochenende werde ich das noch irgendwie ohne ertragen müssen. Meinen Jungs taugt es. Die tauen bei 30 Grad erst langsam auf, ab 32 stehen sie schon vormittags auf, ab 34 tauschen sie den Tuchent gegen ein Leintuch. Da muss evolutionär irgendwas schiefgelaufen sein. Die haben australische Gene, so wie es aussieht.

Ich notiere: Wohnzimmer 26 Grad, Küche 26,8, Schlafzimmer im ersten Stock 28,3, Wintergarten: ERROR, aber der Gummibaum vulkanisiert langsam.

Ende Juni hat sich die Situation verschärft. Es kühlt jetzt auch nachts nicht mehr ab. Ich verbringe den Feierabend damit, vier bis fünf Stunden lang den Garten zu bewässern und den Staub, den es aus dem Garten vom Müller (der ist zu geizig zum Bewässern) herüber weht, mit der Schaufel in Eimer zu füllen und ihm über den Zaun zurück zu kippen. Das Klimagerät läuft Vollgas, das senkt die Temperatur im ersten Stock von 30,5 auf 30,2 Grad. Erste Beschwerden von Sohnemann Numero Uno, der hat das Zimmer, das an den Wintergarten angrenzt, dass der PC zweimal heruntergefahren ist. Und zwar mitten im Spiel. *„Papa, was heißt das? 'Shutdown due to critical thermal condition'"*?

Sohn Numero Due fragt mich, warum ich jetzt schon einige Nächte auf der Couch geschlafen hätte. Er könne ohne mein durch zwei Türen dringendes Geschnarche irgendwie nicht gut schlafen. Ich verspreche ihm, das aufzunehmen und von Alexa wiedergeben zu lassen.

Im Wintergarten sieht es jetzt eher aus wie in einem Versuchsgebäude für Marsexpeditionen. Das einzig Grüne da drinnen ist … da ist gar nichts mehr grün!

Geregnet hat es das letzte Mal im April, glaube ich. Der Ahorn wirft schon aus schierer Frustration die ersten Blätter ab. Ich lege ihm aus Mitleid den Schlauch hin und drehe auf. Und vergesse das Abdrehen. Am nächsten Morgen schwimmen die Erdbeeren wie Seerosen. Aber der Ahorn hat sich in mich verliebt und die Äste wieder etwas gehoben.

Anfang Juli. Sohnemann Numero Uno ist unvorsichtigerweise in den Pool gehüpft und läuft jetzt schreiend herum. Er sei nun mal von Sternzeichen Schütze und nicht etwa Krebs, auch wenn er jetzt danach aussehe, beruhige ich ihn mit väterlichem Zuspruch. Wir beschließen, unsere Frühstückseier ab sofort im Swimmingpool zu kochen. Geht schneller. Gegrillt wird auf einer schwarz lackierten Blechplatte, die ich auf zwei Zimmerstöcken auf der Terrasse aufgestellt habe. Dreiminutensteaks in dreißig Sekunden. Der Holzkohlegeschmack kommt von den darunter langsam vor sich hin glosenden Zimmerstöcken.

Im Schlafzimmer hat es 33 Grad. Die Gelsen haben sich an der Wand zu einem „LASS UNS RAUS!" formiert, aber die Tür bleibt zu. Selbst schuld, kein Mitleid! Man sollte sich vorher überlegen, ob man in ein Mansardenschlafzimmer essen geht!

Ich tue alles dafür, die Hitze aus dem Haus zu bekommen. Sobald draußen das Thermometer unter die Hausinnentemperatur fällt, reiße ich in apostolischer Begeisterung alle Türen und Fenster auf, am Morgen folgt dann die umgekehrte Vorgangsweise. Aber es kühlt ja draußen auch nachts nicht unter 25 Grad ab, und Regen, der endlich mal Dach und Hauswände etwas kühlen könnte, haben wir seit Monaten keinen gesehen. Zweimal die Woche zeigt der Wetterbericht am Handy Regen an, mit 60-90% Regenwahrscheinlichkeit, aber wir sind immer die 10-40% Prozent.

Heute hatte ich morgens im Bad im ersten Stock immerhin nur 29,3 Grad. War super, dass ich gestern wieder alles aufgemacht habe. Ich mache das Frühstück, die Kinder duschen, ich komme rauf und gehe ins Bad und ersticke fast. Der Heizstrahler läuft. Ich frage die Söhne, was um Gottes Willen ihnen da eingefallen ist.

„Nach dem Duschen ist mir immer kalt!"

Ich weine still in mich hinein. Australien. Sicher im Krankenhaus vertauscht.

Mitte Juli, Urlaubszeit. Wir fahren nach Grado. Die Kinder wollten irgendwo in den Süden, ans Meer, irgendwohin, wo es warm ist. Ich liege am Strand und rufe die Wetter-App auf. Gunskirchen 38 Grad, Grado 35.

Am nächsten tag machen wir einen Ausflug in die „Grotta gigante", eine riesige Tropfsteinhöhle an der italienisch-slowenischen Grenze. Da drinnen hat es 11 Grad und ist feucht. Als wir wieder herauskommen, schreibe ich meiner Freundin ein whatsapp: *„Du hattest mit deiner Prognose recht. 11 Grad und feucht hier."*

„Ach halt die Klappe, ich sag' ja eh nichts mehr!", kommt zurück.

Anfang August sind wir zurück und reißen als Erstes alle Fenster und Türen auf. Eine Taube, die sich zu nahe ans Haus gewagt hat, stirbt in der entweichenden, heißen Luft. Ach, so war das mit den gebratenen Tauben im Schlaraffenland! Auf der Terrasse liegt die Blechplatte jetzt auf zwei Häuflein Asche, die mal Zimmerstöcke waren, am Boden.

Das Malen von Acrylbildern habe ich aufgegeben und auf Keramik umgestellt. Die stelle ich zum Brennen dann einfach in den Wintergarten.

Wir beschließen, im Keller zu schlafen. Ich schreibe wieder ein neckisches whatsapp: *„Übernachten im Keller. Der einzige warme Ort im ansonsten aufgrund des kühlen Sommers eingefrorenen Haus. WLAN hier schlecht, ich hoffe, du bekommst diese Nachricht!"*

Zurück kommt ein Zunge zeigender Smilie.

„Was glaubst du? Wie wird der Herbst?", provoziere ich sie ein wenig.

„Noch kälter als der Sommer!" Ich mag ihren Humor!

„Dann hau die Winterreifen rauf und komm auf einen Kaffee vorbei!" Sie mag meinen auch. Bleibt ihr auch nichts anderes übrig.

11. Oktober. 25 Grad. Man kann zwar wieder im Haus schlafen, einmal musste ich sogar schon den Kachelofen einheizen, aber die Zentralheizung ist immer noch aus. Ich weiß auch gar nicht mehr, wo die überhaupt steht, einfach zu lange her. Gestern haben die Kitzbüheler Bergbahnen die Wintersaison eröffnet, indem sie aus einem Schneedepot 1,8km Piste einen Meter hoch mit Schnee versehen haben. Und plötzlich weiß ich, wie ich mich für den nächsten verregneten Sommer vorbereiten werde. Ich räume die Gefriertruhe aus und beginne, Eis zu machen. Damit fülle ich in den nächsten Monaten sukzessive den Swimmingpool, dann kann man zwar darin die Frühstückseier erst ab August kochen, aber das nehme ich in Kauf.

Gepflegt ausgedrückt

Hab' grad die ZIB geschaut. Also die österreichische Nachrichtensendung im Hauptabendprogramm. Da hat die Wirtschaftsministerin mit den knallroten Lippen, wie heißt die nochmal, Schamböck? Egal, also Lippchen hat angekündigt, dass man eine neue Lehrberufsinitiative machen werde.

Ja, klar, war ein Ablenkungsmanöver von der Asylwerberlehre-Streichen-Wir-Ankündigung der FPÖ, aber egal. Lippchen meinte also, man werde mit der Post kooperieren und dort eine neue Lehre anbieten: den Nah- und Distributionslogistiker.

"Was bitte ist das denn?", fragte ich mich, nur um relativ schnell zu kapieren, dass das eine schöne, neue Bezeichnung für den schnellen Fritz im gelben Auto ist, unseren Briefträger eben. Muss schon sagen - ein wirklich beeindruckender Euphemismus, der mich dazu veranlasste, ab sofort - und ich meine *ab sofort* - ebenfalls nur noch in solch schönen Idiomen zu kommunizieren.

Ich begann also gerade damit, meine oberhalsische Denkzentrale in einen maximalstimulierten Erregungszustand zum Zwecke der Hervorbringung von Lösungen zu versetzen, als jemand am eigenheimlichen Schutzwall das Kleinod elektrotechnischer Hochindustrie erklingen ließ. Was? Ich soll mich profaner artikulieren? Okay, ein ultimativ letztes Mal: Jemand hat an der Haustüre geläutet.

Wie ich gewahr wurde, war es der Agrarökonom, dessen landwirtschaftliche Erwerbsanstalt an meine Liegenschaft grenzt. Er war aber in seiner Funktion als Akquisiteur für fakultative Oboli für die Vereinigung zum Schutze und zur Hilfe von Facilities im ländlichen Raum vor thermischer Verunreinigung da. Mich hat ja immer gewundert, dass die stets ihn zum Sammeln schickten, weil ich mit ihm in die Bildungsanstalt für junge Menschen ab dem sechsten Lebensjahr gegangen war, bis er beschlossen hatte, zwecks Vertiefung des Lehrinhaltes eine Ehrenrunde zu drehen. Da schon sickerte die Vermutung aus dem Äther in mein Hauptrechenzentrum, dass bei ihm der Satz, dass das Maß der linearen Ausdehnung der subterranen Knollenfrucht stets indirekt proportional zum Intelligenzquotienten des Agrarökonoms sein dürfte, durchaus eine und sogar eine veritable Berechtigung haben könnte.

"*Servus Günter!*", sprach er den landesüblichen Gruß aus, ohne zu berücksichtigen, dass er mir gerate angeboten hatte, sich zu meinem Sklaven zu machen. "*Ich wär' zum Sammeln da für die Feuerwehr!*"

Welche Art von Gütern er denn sammle, wollte ich ihn zu einer Präzisierung nötigen, was aber nur zu einem gemeinhin als Lachen bekannten stoßartigen Ausatmen bei Zurschaustellung der in einem erbärmlichen Gesamtzustand befindlichen Kauwerkzeuge seinerseits führte.

"*Die Nachbarn haben alle einen Zehner gespendet. Magst auf der Liste schauen?*"

Aha, neurolinguistisch geschult, der gute Mann. Eine beachtenswerte Leistung, vielleicht hatte ich ihn doch damals unterschätzt. Ein Blick auf die manuskriptielle Aufstellung der mehr oder weniger abgenötigten freiwilligen Spenden schien mir jedoch nicht indiziert zu sein. Die mittlerweile vom Permanentspeicher in das Arbeitsregister geladenen Informationen über ihn wiesen ja aus, dass er die intellektuellen Skills zum Servieren einer fundierten, einer näheren Überprüfung standhaltenden, flexiblen Wahrheit nicht in seinem Repertoire hatte. Ich zückte also mein für solche Zwecke stets vorrätiges Reserveportemonnaie und visualisierte ihm durch explizites

Aufklappen, dass sich darin neben einem pekuniären Nichts auch kein Geld befände.

"Alsdann, dann komm ich halt morgen wieder!", begleitete seinen Abgang eine ultimative und schwer zu überhörende Drohung, die mich sofort zu einer strukturellen Gegenmaßnahme veranlasste: Ich dislozierte instantan die Kontakte der Türklingel (manchmal muss ein normales Wort sein, sonst werde ich verrückt beim Schreiben).

Endlich war Ruhe eingekehrt und ich konnte über euphemistische Berufsbezeichnungen sinnieren. Die Raumpflegerin ist ja schon eine alte Bezeichnung, ich schlage Interieurkosmetikerin vor. Muss ich morgen gleich dem Facility Manager in der Schule der Jungs erzählen. Früher hieß der Hauswart, aber ... na ja! "Lehrer" finde ich auch nicht mehr up to date, man sollte dazu "akademischer Leisuremanagement-Spezialist" sagen. Und statt "Einzelhandelskaufmann", ein Ausdruck, der auch höchst chauvinistisch ist, könnte man in Zukunft den Lehrberuf "Merkantilismusexpertin" anbieten. Aber nur, wenn Lippchen das ankündigen darf!

(Mein Word for Windows spielt gerade verrückt und unterwellt alles rot. Als gäbe es diese Wörter gar nicht.)

Statt "Straßenkehrer" böte sich "Tiefbaustrukturenerhaltungstechniker" an und meinen Schornstein macht in Zukunft der "Feuerstättenabzugssystemspezialist" sauber. Wenn ich zum Zahnarzt gehe, sage ich aber weiterhin Goschenklempner, da kann kommen, was will.

Mir fielen ja noch viele, wundervolle Berufsbezeichnungen ein. Der Spanplattenwohninnenraumdesigner (Vollholztischler nehme ich da aus), der Lebensmittelveredelungsmeister (wenn er gut kocht) und

natürlich, als Schreiberling muss man selbstkritisch sein, der Hoch-
literaturproduzent.

Nur für Politiker fällt mir nichts ein. Ich glaube, "Politiker" ist schon
der maximal mögliche Euphemismus.

Männerleiden

„Und wo warst du am letzten Freitag?", verhehle ich meinen Vorwurf an den Karli kaum, als er nach unentschuldigter Absenz wieder beim Stammtisch erscheint, noch dazu verspätet, was unter uns Männern schonmal überhaupt nicht geht.

„Servus! Maria, das Übliche!", beantwortet er meine Frage in der einzig möglichen Form, die meinen Zorn etwas zu dämpfen vermag, noch bevor er sich setzt. Sehr langsam setzt, wie ich irritiert bemerke.

„Also?" Wir Männer insistieren ja selten. Wenn ein Mann eine Frage nicht beantwortet, dann hat er üblicherweise seine Gründe, und man fragt nicht weiter nach (frau leider schon). Aber erstens ist der Karli mein bester Freund und zweitens, nun, das mit dem „Mann" könnte man diskutieren.

„Frag nicht! Ich war beim Pischologen."

Ich brauche erstmal einen Schluck, um mich von diesem Schock zu erholen. Wir haben da eine unausgesprochene Vereinbarung, dass ein richtiger Mann nur zu einem Zweck zum Arzt geht: Um sich seinen Totenschein ausstellen zu lassen. Vorzeitige Besuche bei Ärzten beschleunigen höchstens das Ableben, also Hände weg!

„Wieso das denn? Hast du Depressionen? Das kommt ja von ‚Depp',
tät also passen. Prost!"

„Du mich auch. Prost!"

Ich frage nicht weiter. Ich kenne Karli. Lässt ihm sowieso keine Ruhe, gleich rückt er von selbst damit heraus. Und so ist es auch. Ich wäre, glaube ich, ein guter Psychologe oder Verhörbeamter bei der Polizei geworden.

„Nicht Psychologen. Pischologen. Also Männerarzt. Hab da unten ein Problem."

„Das trifft jeden einmal. Also außer mich. Aber sonst jeden, glaube ich. Und? Was dabei rausgekommen?"

„Ja, Blut."

Ich bin jetzt so sprachlos, dass ich meine Frag-Nicht-Warte-Taktik ohne bewusstes Zutun anwende.

„Hämorrhoiden. Der Arzt sagte, eigentlich sei das nicht sein Metier, vertikal zwar die richtige Körperregion aber die falsche Seite. Aber wenn ich schon mal da wäre, würde er das halt gleich erledigen. Nahm sich einen Handschuh und drückte zu."

Allein bei dem Gedanken täten meine Hämorrhoiden jetzt weg-schrumpfen wie Aprilschnee in der Frühlingssonne, also nur, wenn ich welche hätte.

„Auuuuuutsch!"

„Das kannst du laut sagen! Konnte drei Tage kaum sitzen. Bin ich also entschuldigt für letzten Freitag?"

„Maria, alles was der Karli heute trinkt, geht auf meine Rechnung!"

Und dann will ich wissen, ob das mit den Eiern an der falschen Stelle jetzt weg ist?

„Ja, weitgehend. Muss halt schmieren, und …"

81

„Zu viel Information, Karli! Lass es!"

„Dann frag' nicht, Blödmann!"

„Maria, Kommando zurück! Und bring dem Karli ein Sitzkissen für seinen malträtierten Hintern! Der hatte eine unangenehme Erfahrung mit einem anderen Mann."

„Du bist so ein Trottel!", lacht er jetzt endlich das erste Mal wieder, während eine junge Familie mit ihrem Sohn, der so zwischen sechs und sechszehn sein dürfte, ich kann das bei Kindern nie einschätzen, aufsteht und der Kellnerin mitteilt, sie hätten nun doch lieber den Tisch im Stüberl, auch wenn da geraucht werden würde.

„Du meinst einem anderen als dir?" Die Maria wird auch immer schlagfertiger. Die soll das an den Schnitzeln auslassen, nicht an den Gästen, was ich ihr auch sage. Ich soll die Goschen halten, wenn ich heute nochmal was zum Trinken haben wolle, erwidert sie charmant wie immer.

„Hattest du noch nie sowas?", will der Karli wissen.

„Mit einem Mann? Nein."

Und dann reden wir über das Fußball-Nationalteam, bleiben also beim Thema „Männerleiden" und wechseln es zugleich.

„Was sagst zum letzten Spiel?", will er von mir wissen.

„Der Schiri war eine Arschwarze, finde ich."

Er schaut mich zuerst böse an und lacht dann doch. Das könne man von mir wohl auch mit Fug und Recht behaupten, ergänzt er. Und ja, der hätte wirklich ziemlich für die gegnerische Mannschaft gepfiffen.

Ja, das sah teilweise fast so aus, als würde er ihnen gleich vor Begeisterung an die Wäsche gehen, stimme ich zu. Und bei uns? Da hat er gleich beim ersten kleineren Foul in die Hose gegriffen und die Arschkarte gezogen, die blutrote.

Jetzt wirkt Karli schon ein wenig sauer.

„Maria, bring uns ein Schinkenstangerl! Darauf steht der Karli!"

„Mit Kren?", tönt es hinter der Bar hervor.

„Karli, willst einen Scharfmacher drauf?"

„Das ist jetzt langsam nicht mehr lustig!" Er grinst nicht dabei. Geht also kaum noch etwas, bevor er wirklich sauer wird. Aber zumindest mit dem Gustl kann er heute nicht abrauschen, der ist schon abgerauschigt.

„Weißt was, Karli? Wechseln wir das Thema. Wann warst du das letzte Mal im Kino?"

„Ewig her. Warum?"

„Na, weil im Programmkino haben sie jetzt eine Reprisewoche. Lauter ältere Filme. Da könnten wir mal hingehen. Ich suche uns einen netten Film aus, du bist als Wiedergutmachung eingeladen, okay? Ich greif dir eh nicht auf den Arsch, versprochen!"

Er freut sich sichtlich, und ich lasse das Thema für heute ruhen. Am Dienstag hole ich ihn ab, mit Sitzkissen am Beifahrersitz, und dann geht's ab ins Kino.

Ach, welcher Film? „Feuchtgebiete" heißt der, glaube ich.

Stammtischgespräche

Auch wenn diese Wahl nun schon ein Jahr her ist, man sollte sich manchmal doch noch daran erinnern. Und als ich dieses Buch schrieb, fiel mir ein, wie ich im Gasthaus ... lest selbst:

Pscht! Leise! Sie wissen nicht, dass ich lausche, die beiden am Nebentisch. Es sind die Stars der örtlichen Fußballmannschaft von Ganshofen, der Herbert Prost-Master und der Toni Vollster. Natürlich heißen sie nicht wirklich so, aber ich kann die zwei ja schlecht outen, nicht wahr? Sonst wüsste dann jeder, dass die beiden alles wissen, und das geht nicht. Ui, wenn ich mir so den Bierdeckel der beiden ansehe, da sind schon einige Striche drauf!

Worüber sprechen sie gerade? Ah - über Politik. Nett! Da bin ich gespannt, weil der Herbert Prost-Master kommt ja aus einer knallroten Arbeiterfamilie, während der Toni Vollster einen rabenschwarzen Giebelkreuz-Hintergrund hat. Das wird interessant.

"Hast gestern den Report gesehen?", will der Herbert gerade wissen. *"Auf alle Fälle, ich sag' amal so, die Griss hat flache Schuhe angehabt, damit sie nur einen Kopf größer ist als der Strolz."*

"Ja, das stimmt!", nickt Toni. Noch sind sie einer Meinung, ich fürchte aber, dass sich das bald ändern wird.

"Ich sag' amal so: Mit der Griss werden die NEOS einfahren wie meine Hämmorrhidenfieberzapferl!"

"Ja, das stimmt! Wieso?"

"Na, weil ich die schon ewig hab', seit ich mal dem Vogel mit den Radfahren hab' ghabt."

84

"Ja, das stimmt! Aber ich hab' gemeint, wieso die mit der Griss einfahren, die NEOS und net, warum dir am Arsch Kirschen wachsen?"

"Auf alle Fälle! Weil die is a Theoretikerin, so a neunmalgescheit siebenkluge."

"Ja, das stimmt! Und de mögn ma net, heast, die Intullektellen! Hat mein Lehrer schon immer gsagt in der Sonderschule: Grau ist alle Theorie. Siegst ja auch an ihre Haar, dass er Recht g'habt hat!"

"Ja, das ... geh, das ist dein Spruch. Auf alle Fälle! Recht hast! Und der Strolz, der Flügelheber, der sterilisiert jeden Schas immer gleich zu einem Katastropher hoch. Und wer gwinnt die Wahl? Was glaubst?"

"Auf alle Fälle! Ich sag amal so, die ÖVP hat sicher das beste Kurzpassspiel, und der Rechtsaußen, der ist schnell genug, dass er die Blutgrätschen von den tschechischen Legionär, dem Strache, ausweichen kann. Da helfen dem net amal seine zuagspitzten Bock, der Kurz gibt ihm die Gurke. Aber mir wär's lieber, wenn der Kern einnetzt. Der spielt den Eisenbahnerschmäh wie kein anderer. Das Gerät links vorbei, er rechts vorbei, und der Gegner fällt schwindlig um."

"Ja, das stimmt - nicht! Der Rechtsaußen von denen Schwarzen bringt wenigstens was weiter. Was der schon alles an tödlichen Pässen g'spielt hat! Das ist eine g'mahte Wiesn für ihn! Die andern sind ja alle Jausengegner!"

"Auf alle Fälle - nicht! Der hat ja bisher immer nur Bananenflanken fabriziert, de kana von seine Hawara im Sturm hat verwerten können. Na, na, der Kern, das ist ein Mittelstürmer. Der netzt ein, so schnell schaun net amal seine Mannschaftskollegen!"

85

"Ja, das stimmt! Wie tät der Prohaska sagen? Da san a paar Huren-
kinder dabei!"

"Auf alle Fälle! Wenn i an das Arbeiterkammervideo über de Unter-
nehmer denk. Meim Chef raucht's heut noch aus den Ohren, wenn
einer nur 'AK' sagt. Drum wähl ich den Kern und als Partei die FPÖ.
Das is das Gscheiteste! Dann hamma an guten Kanzler, und der Rest
von de Roten Teufel geht sich in der Transferzeit an neuen Verein
suchen."

"Ja, das stimmt - nicht! Weil wenn du das tust, dann ist deine Stimme
ja ungültig!"

"Auf alle Fälle! Welche der beiden Stimmen meinst jetzt? Die für'n
Kern oder die für die FPÖ?"

"Ja, das stimmt! Beide! Da stehst im Abseits, da wird deine Wahlkarte sofort ausgeschlossen, klare rote Karte und g'sperrt wirst für
die nächste Wahl auch!"

"Ich sag amal so, das ist a aufg'legter Blödsinn. Warum soll das dann
Abseits sein? Na, na ... ich hab' im Internetz gelesen, man soll das so
machen, das wäre dann praktisch ein Doppelpass. Theoretisch. Und
ich geh ja gern ins Lokal, ich brauch keine Wahlkarte, höchstens eine
Getränkekarte! Außerdem weiß ja keiner, was ich wähl'. Ist ja geheim."

"Ja, das stimmt! Das mit de Doppelpässe von de türkischen Legio-
näre, davon hört man auch nix mehr, nur noch von de Südtiroler.
Hams die jetzt endlich ins Ausland verkauft, de Doppelpasstürken?
Und bei uns ist die Wahl auch geheim. Da wirst mit der Blasmusik
zum Wahllokal begleitet, dort wartet der ÖVP Betreuer mit dem Bier,
und der geht dann auch für dich in die Wahlzelle, wennst nimmer

gehen kannst. Und geheim ist die Wahl, weil der sagt dir dann eh nicht, was du angekreuzt hast."

"Auf alle Fälle! Der Pilz hat das mit den Türken gemanagt. Weißt eh, der frühere Grüne. Jetzt tanzen die Grünen wegen eam Niveaulimbo und sagen, der ist so wenig grün wie der Rasen auf der Torlinie am Ende der Saison. Ich mag das Schwammerl, der sagt, was er sich denkt, das konnt' ich nie, sag ich amal."

"Ja, das stimmt! Der hat sie ganz allan in die Flügelzange genommen und dann mit einem gekonnten Ferserl ein paar Wuchtln und Gurkerl gedrückt und schon stehn's kurz vor dem Ausscheiden. I mag die eingebildete Weiberpartie dort sowieso nicht, die sind irgendwie das Bayern München der Politik. Nur gwinnens nix! Aber der Pilz, angeblich drückt der net nur Wuchteln. Im Lift sagte mal eine vollbusige Blondine zu ihm, er soll für sie die ‚2' drücken, das hat er angeblich zu wörtlich genommen."

"Auf alle Fälle! Und bei der Wahl kriagns die Arschkarte, das Wahlgurkerl kriagns, die Edelreservisten. Dann kann der Schmid, der Fliegenfänger, die Kantine vom FC Ganshofen besetzen, als Kochschnupperlehrling, und Pilz-Risotto kochen!"

An dieser Stelle unterbricht ein herzhaftes Lachen gefolgt von einem tiefen Schluck das Gespräch.

"Prost!" Ich bin überrascht. Toni hat gar nicht *"Ja, das stimmt!"* gesagt. Ich glaube, *"Prost"* ist der einzig andere mögliche Satzanfang bei ihm.

"Prost! Und wen wählst jetzt du, Toni?"

"*Ja, das stimmt! Ich wähl die Türkisen. Weil, ich sag amal so, wie du immer mal so sagst, da ist ein neuer Rechtsaußen, a fesche Cotrainerin haben's auch, den Lopatka-Tschechen hams verscherbelt, und im Türkis da ist grün drin, wie ein Fussballrasen, und blau wie Fussballer nach einem Sieg, das passt für mich. Nur der Sobotka, den mag ich nicht. Aber der weiß eh als Einziger noch nicht, dass ihm der Sebastiano Kurzaldo nach der Wahl den Vertrag net verlängert!*"

"*Auf alle Fälle! Nicht! Der Showbotka war sowieso a Griff in den A... Zuerst macht er den Verein in Niederösterreich fast ban... bank... na, stier hoit, dann dazöht er dauernd was von Islamgefahr, dabei ham de in Österreich nu net amal gespielt. Und am Ende will er alle Regeln ändern, dass der Kiwaraverein beim Gegner eigenen Mann ins Tor stellen darf und nie im Abseits steht, und der Gegner darf nur im Mittelkreis stehen, und da nur einer und der muss zerstreut sein. So geht das auch net, schließlich gibt es Fußballmenschenrechte!*"

"*Ja, das stimmt! Dem hams net umsonst dauernd vor seine Haustür geschissen, die vom FC Grünrot St. Marx.*"

Und sie prosten sich zufrieden zu. Bei einer derart fundierten Analyse der politischen Landschaft in Österreich mache ich mir um die Wahl im Herbst keine Sorgen. Wenn alle so nüchtern ... okay, falsches Wort! Wenn alle so rational an die Sache herangehen, wird das das Cordoba der österreichischen Innenpolitik. Wieso Cordoba? Ausgeschieden sind wir damals trotzdem, aber keinem fiel's auf!

Vatertagsträume

Zweiter Sonntag im Juni, Vatertag! Zeit, sich was zu gönnen. Hab' im Internet recherchiert, da gibt es echt geile Sachen. Das Neueste vom Neuen ist ein Food-3D-Drucker. Hammer! Damit kann man sich das Essen selbst ausdrucken. Preis für die Basisausstattung: 999,- EUR. Sofort bestellt und zwei Stunden später von einer Drohne geliefert, Wahnsinn, die werden immer schneller.

Die Betriebsanleitung wird gleich mit der Verpackung entsorgt, Anleitungen sind etwas für Frauen und Weicheier, echte Männer brauchen das nicht, schon gar keine wie ich. Ausgepackt, zusammengebaut und die Materialkapseln installiert – eine für Kohlenstoff, eine für Spurenelemente. Dazu noch eine nachfüllbare Wasserpatrone. Klar, organische Verbindungen bestehen aus C, O und H und ein paar Spurenelementen, damit muss das Ding also alles drucken können! Und das auch noch vegan, da kommt kein Tier zu schaden, heureka!

Erster Versuch: die Frühstückssemmel. Ein wenig weich, sicher nur etwas falsch eingestellt. Also Fehler gesucht und – ah, Firmwareupdate machen. Klar, „firm" heißt ja schließlich auch „fest". Und siehe da: Knusprig wie frisch vom Bäcker kommt sie heraus. Aber was wäre so eine Semmel ohne Butter und Marmelade? Ich mag aber nur Marmelade, keine Konfitüre. Gott sei Dank, denn der Drucker macht mich darauf aufmerksam, dass für Konfitüre das EU-Update-Modul installiert werden müsste, um läppische 699,-

Das brauche ich dann leider doch, als ich mir für den Gabelbissen ein Bier ausdrucken lasse. Kommt gefroren raus, der 3D Drucker schafft nur Feststoffe, aber für 1259,- Aufpreis gibt es das Warmupmodul, das natürlich sofort bestellt wird und für 99,- sogar als Okkasion ein Pilsmodul mit Schaumstabilisatoreinheit. Ich mag ja kein Märzenbier.

Zwei Stunden später landet auch schon die Drohne damit, leider in der Regentonne, also zurückgemailt und Ersatz geordert, der dann zielgenau vor der Haustüre abstürzt und inmitten eines Haufen Taubenfedern liegenbleibt. Tja, was fliegt die dämliche Flugratte auch ungefragt in die Drohne? Nicht mein Problem, das Modul funktioniert, die Drohne ist mir wurscht.

Apropos Wurscht. Jetzt geht's zum Grillen. Ich will eine Käsekrainer und ein Steak. Starte den Druckjob und – werde darauf aufmerksam gemacht, dass das Proteinmodul um läppische 2159,- erhältlich sei – aber momentan nicht lieferbar, alle Drohnen im Einsatz. Natürlich bestelle ich auch gleich das Salatmodul und das Kobe-Steak-Spezialpaket dazu, fragt jetzt nicht, was das kostete ...

Dann wird endlich gegrillt. Butterweich war es, das Steak! Als Begleiter dient ein Rioja Gran Reserva, den muss ich aus dem Keller holen, das Weinmodul ist leider aus Lizenzgründen in Europa noch nicht verfügbar, nur in Saudi-Arabien, steht da, und dort nur für Männer. Natürlich auch nicht der Grand Reserva – Spezialzusatz. Da kannst du für jedes berühmte Weingut einen eigenen Zusatz kaufen, toll! Das Chateau Latour Modul wäre interessant, aber um 9879,- EUR?

Die Kinder möchten ein Eis als Nachspeise. Leichteste Übung. Schaut her: Sorte wählen und Druck starten. Okay, derzeit nur Vanille, aber die anderen sind ja per Zusatzmodul ...

In diesem Moment wache ich auf. Die Kinder machen mir gerade mein Vatertagsfrühstück. Es riecht nach Kaffee und Toast, sie lächeln mich liebevoll an, herrlich! Und alles ganz natürlich und ohne Food-3D-Drucker! Ich setze mich zum Tisch und freue mich, als ...

... ich wirklich aufwache. Okay, werd' mal Frühstück machen und dann die Kinder wecken.

Unendlich ist ziemlich viel …

… nur eben keine Zahl!

Sohn fragt mich, wie man sich den Wert "unendlich" vorstellen kann, weil der Mathelehrer stinksauer reagiert hatte, als er eins durch unendlich ist gleich Null gerechnet hatte. Nun Sohn, sage ich, damit hast du ja schon den Hauptfehler gemacht! Wieso? Na, weil "unendlich" eben kein Wert und keine Zahl ist.

"Was dann?", will er wissen.

Frag so etwas nie einen Physiker, außer du hast viel Zeit und kein Problem damit, wenn du nach der Erklärung noch weniger verstehst als vorher! Wir Physiker sind darauf spezialisiert, Dinge so zu erklären, dass dir nachher der Kopf schwirrt, als hättest du eine Flasche Sekt auf Ex getrunken.

"Stell dir zwei Zahlen vor", sage ich. *"Zum Beispiel 1 und 2. Wie viele Zahlen haben dazwischen Platz?"* Mein Sohn kennt mich ja schon, sagt also nicht gleich *"Keine!"* Nein, er sagt es erst nach kurzem Nachdenken.

"Falsch!", triumphiere ich. *"Dazwischen kann man zum Beispiel die rationale Zahl 3/2 unterbringen. Und 5/4. Und 6/5. Und genaugenommen unendlich viele Bruchzahlen."* Ich blicke in ein ratloses Gesicht. Vermutlich ahnt er, was jetzt kommt.

"Wäre also UNENDLICH ein Wert, dann würde die Anzahl der Zahlen zwischen 1 und 2 genau definiert sein. das Problem ist aber, dass ich das Spiel jetzt auch zwischen den Zahlen 1 und 3/2 wiederholen kann. Wie viele Zahlen haben da dann wohl Platz?"

91

"Papa, ich bin jetzt nicht so blöd, darauf reinzufallen, 'Unendlich/2' zu sagen, nur weil 3/2 genau in der Mitte zwischen 1 und 2 liegt und da ja unendlich viele Zahlen Platz hatten!"

Braver Bub. Er denkt mit.

"Genau. Es haben nämlich auch da wieder unendlich viele Zahlen Platz. Womit aber auch schon feststeht, dass 'unendlich' kein Wert ist, weil es sonst ja zwei verschiedene Werte 'unendlich' geben müssten, also gleich sein müssten, obwohl sie verschieden sind, nicht wahr?"

"Ich krieg einen Knopf im Hirn, Papa!"

Na also, klappt ja. Aber mein lieber Sohn, das ist noch gar nichts. Ich fahre fort und erkläre ihm, dass das noch lange nicht alles sei. Man kann nämlich zwischen jeder dieser unendlich vielen Zahlen zwischen 1 und 2 wieder unendlich viele Zahlen reinflicken, das sei halt nur ein Haufen Arbeit. Und irgendwann würden die Atome im gesamten Universum nicht mehr ausreichen, um die Tinte für das Niederschreiben all dieser Zahlen zu liefern, weil die Atome in einem unendlichen (eigentlich sollte es 'endlosen' Universum heißen) eben nicht unendlich viele seien sondern nur ziemlich viele. Ich sehe den Knopf in seinem Hirn wachsen und bemerke, dass mir das auch gleich passieren wird. Also erkläre ich schnell weiter, so lange es noch geht.

"Die Zahl PI ist eine irrationale Zahl. Das heißt, sie hat unendlich viele, sich nicht wiederholende Ziffern hinter dem Komma, okay?"

"Ähm, ja, der Matheprof sagte sowas."

"*Gut. Daraus folgt nun, dass JEDE MÖGLICHE Zahlenfolge irgend-wann in PI vorkommen muss. Einfach zufällig, man muss nur lange genug suchen. Zum Beispiel könntest du den gesamten Inhalt von Facebook in Zahlen codieren und dann in den Stellen von PI danach suchen.*"

Jetzt habe ich endgültig seine Aufmerksamkeit. Normalerweise bringe ich das Beispiel nicht mit Facebook sondern mit Shakespeares Gesamtwerk, aber man muss sich an sein Publikum anpassen. Bei einer FPÖ Parteiveranstaltung würde ich ein kleines, braunes Liederbuch nehmen.

"*Wow!*"

"*Damit nicht genug. Diese Zahlenreihe muss – wie jede andere – sogar unendlich oft in PI vorkommen. Und sie war sogar schon in PI vorhanden, noch bevor es Facebook gegeben hat, ja noch, bevor es die Mathematik als Wissenschaft gegeben hat. Und sie kommt sogar unendlich oft mehrmals hintereinander in PI vor, obwohl sich die Zahlenfolgen in PI ja nicht wiederholen. Jedenfalls nicht so, dass sie ab einer gewissen Stelle immer gleich sind.*"

"*Unendlich ist also ... ziemlich schräg.*"

"*Unendlich IST gar nichts. Unendlich beschreibt einfach nur etwas, das man nie erreichen kann, weil es das gar nicht gibt – beziehungsweise, weil es unendlich viele davon gar nicht gibt. Es gibt übrigens unendlich viele Zahlen wie PI.*"

„*Aus, Papa! Mir wird schon schwindelig.*"

„*Das, wovon Einstein übrigens sagte, was wirklich unendlich sei, das sei einerseits das Universum und andererseits die menschliche*

Dummheit. Er ergänzte aber, dass er sich beim Universum nicht so ganz sicher sei."

Die Hohezeit der Laubbläser

Der Herbst zieht ins Land, heute noch mit 23 Grad Celsius, aber er ist trotzdem da. Das erkennt das geschulte Auge des Kleinhäuslers am fallenden Laub. Ich habe mich ja immer gefragt, woher die Bäume wissen, dass sie sich für den Winter entkleiden müssen, ja, warum sie entgegen aller Logik in der angeblich kalten Jahreszeit überhaupt ihr Gewand abwerfen, aber sie tun es. Und jetzt liegen die Fetzen in meinem Garten und die Hoffnung, dass ein Föhnsturm sie in den meines Nachbarn bläst, haben sich bis dato nicht erfüllt.

Meinem Nachbarn scheint es ähnlich zu gehen. Samstagmorgen, pünktlich um sechs Uhr, höre ich zuerst zwei Fehlzündungen und dann ein Gartenmoped im Leerlauf knattern. Kein Zweifel, er hat den Laubbläser ausgesommert. Dagegen hört sich mein Elektromäher an wie das Zirpen einer halbtoten Grille mit akuter Atemnot. Ich ziehe die Rollos hoch und blicke schlaftrunken auf sein Grundstück hinüber. Na klar! er macht es wie immer und mäandert durch seinen 350 Quadratmeterpark, wobei er das Laub vor sich her bläst wie ein Hundertjähriger die Kerzenflammen auf seiner Geburtstagstorte. Und alles in Richtung meines Gartens! Mauern hätten schon was, da hat der Trump ganz Recht!

"*Herr Müller!*", versuche ich vergeblich stimmlich gegen den Lärm anzukämpfen, "*Sie können das Laub aber nicht einfach durch den Zaun zu mir herüberblasen!*"

Er hört mich nicht. Tut jedenfalls so. Ich weiß, dass der sehr gut hört. Warum hätte er mir sonst letztes Mal um 22:05 Uhr die Polizei geschickt, als ich auf der Terrasse meine Alexa laufen hatte? Wer eine Alexa hat weiß, dass die trotz des weiblichen Namens nicht sonderlich laut werden kann. Lärmbelästigung hatte er zu den Beamten

95

gesagt. Die freuten sich über das Bier bei mir auf der Terrasse, und dann holte ich die Gitarre, also die elektrische, und dann haben wir noch bis eins musiziert und gesungen. War sehr nett. *"Müssen wir mal wieder machen!"*, habe ich ihnen zum Abschied noch nachgerufen. *"Dafür wird der Müller schon sorgen."*, haben sie grinsend gemeint und sind mit Vollgas die Wohnstraße runtergebrettert. Ja, manchmal mag ich das Landleben.

Aber nicht, wenn der Müller bläst! Ich würd's auch nicht wollen, wenn seine Frau ... lassen wir das! Ich will mir das nicht einmal vorstellen!

Sauer, weil ich eh noch nicht ausgeschlafen bin, torkle ich zum Kühlschrank und bewundere die gähnende Leere. Wollte ja gestern noch einkaufen gehen, genau. Korrektur: Genau genommen wollte meine Frau, dass ich noch einkaufen gehe. Alexa, warum hast du mich nicht erinnert? *"Ich kann deine Frage nicht verstehen!"* Ach. halt die Klappe, blöde Schrottkiste. *"Du kannst Schrott in deiner Umgebung an folgenden Stellen entsorgen:"* Alexa, Ruhe!

Nach der Stärkung mit einem seit drei Wochen abgelaufenen Joghurt - "mindestens haltbar bis" heißt ja nicht zwangsläufig das Gleiche wie "sicher tödlich ab" - gehe ich in den Keller und hole meinen eigenen Laubbläser. Das wäre ja gelacht! Leider springt er nicht an. Kein Sprit. Ich sehe in der Beschreibung nach, ob er auch mit Bona-Öl läuft. Ne, aber Spiritus gemischt mit dem letzten Rest Rasenmäherbenzin und etwas Speiseöl, ja, das sollte klappen.

Es funktioniert tatsächlich. Aber eher laut, aufgrund der fehlenden Klopffestigkeit von Spiritus. Und es stinkt wie eine Frittenbude am letzten Volksfesttag. Egal, jetzt herrscht Waffengleichheit!

Wir kämpfen den ganzen Vormittag, er bläst das Laub zu mir, ich blase es zurück. Bis mein Bläser die Patschen aufstellt und mit einem lauten Knall und viel Rauch in die ewigen Laubgründe eingeht. Worauf er wegen verbotener Rauchentwicklung mal wieder die Bullen schickt. Na ja! Ich habe eine Schlacht verloren.

Aber nicht den Krieg!

Ich beschließe, ohne Rücksprache mit der Wirtschaftsministerin oder der Bank, das Rüstungsbudget drastisch zu erhöhen und mache mich auf den Weg zum Hornbach. Was ich so brauche, bekomme ich dort. Bis auf die Propeller halt. Die bestelle ich im Internet.

Eine Woche später stehen acht betriebsbereite Propeller entlang meines Zauns. Sieht ein wenig aus wie eine Parade von Everglade-Flachbooten. Die Stromzuleitungen habe ich vorsichtshalber eingegraben, um einer möglichen Sabotage entgegenzuwirken. Die Panzersicherungen im Haus sind upgegradet worden, der Stromanbieter weiß Bescheid. Sonst steht gleich wieder die Polizei da. Wenn der Stromverbrauch drastisch steigt, vermuten die immer eine illegale Cannabisplantage. Alles schon gehabt, als mein Jüngster seinen Spiel-PC aufgerüstet hat.

Und dann kommt der große Moment. Der Nachbar startet sein Spielzeug, meine Steuerung erkennt das Motorengeräusch als feindlichen Angriff und fährt nacheinander nach einem festgelegten Ablauf die Propeller an (die Dinger einfach einzuschalten würde im ganzen Viertel eine Stromspitze verursachen, der keine Sicherung standhielte.)

Es war schon ein sehr erbauendes Bild, als dem Müller der Schnurrbart bei Windstärke zehn in die Ohren kroch und sich sein Toupet in Richtung Erdumlaufbahn verabschiedete. Vom Laub mal ganz abgesehen. Das wirbelte noch minutenlang durch die gesamte Siedlung.

Ich muss unbedingt eine Leistungsregulierung einbauen, was können denn die anderen Nachbarn dafür? Und dann piepst auch schon das Handy. Sohnemann whatsappt mir aus dem ersten Stock, dass sein PC ganz von selbst runtergefahren sei. Ob ich was am Strom gedreht hätte? Ich whatsappe zurück, warum er whatsappt und nicht einfach runterkommt und mit mir redet. Diese Jugend heutzutage!

***

Nach zwei Prozessen haben der Müller und ich jetzt Abrüstungsgespräche gestartet. Mediation nennt das die Richterin. Ich frage mich, wie man bei diesem Lärm meditieren soll, aber bitte. Wir haben eine schrittweise Abrüstung beschlossen, den überwachten Rückbau der Kampfstellungen (er hatte sich auch Propeller besorgt, natürlich größere als meine, worauf der Strom weg war, weil der Blödmann eben keine Ahnung von Steuerungen hat). Unsere Regierungen haben den Vertrag umgehend ratifiziert. Kein Wunder, unsere Frauen hatten aufgrund der Rüstungskosten ein massives Haushaltsbudgetdefizit zu bewältigen. In der letzten Ausbaustufe des Abrüstungsprozesses sind zur Bekämpfung des Laubs nur noch handelsübliche Gartenrechen erlaubt.

"Rechenleistung" mal anders, meinte meine Frau grinsend, als sie mich in den Regen Laub rechen schickte.

Hotline

Immer wieder ärgern wir uns über Hotlines. Das sind Einrichtungen, die unsere Eltern noch nicht einmal kannten, aber uns machen sie wahnsinnig! Egal, ob der Internetzugang nicht funktioniert (auch wenn sich dann herausstellt, dass die Putzfrau nur den Router ausgesteckt hat) oder die Telefonrechnung zu hoch ist (weil der Nachwuchs eine coole Nummer ausprobieren musste, die ihm ein Klassenkollege empfohlen hat, eine richtige „hot line" eben) – man kommt zwar durch, hängt dann aber in einer Warteschleife mit Berieselungsmusik, was besonders in der Adventzeit unheimlich nerven kann, wenn man „Last Christmas" siebenmal hintereinander hört, bevor einem die mechanische Stimme mitteilt, dass man „nun der nächste ist, der mit einem Mitarbeiter verbunden wird". Dann sind es nur noch vier oder fünf Durchgänge mit George Michael, die man aushalten muss, bevor einem der Mitarbeiter mitteilt, dass er da leider, leider nicht helfen kann. Ob er zu einem Kollegen verbinden darf? Könnte aber ein paar Minuten dauern!

Das nennt man dann wohl Fortschritt.

Worüber wir selten nachdenken, das ist die andere Seite der Telefonverbindung. Auch da sitzt ein Mensch! Und er oder sie macht sich einiges mit, wie mir Rudi letztens mitteilte. Der Rudi ist Frührentner, weil er ein Nervenleiden hat, aber ihm war fad in der Pension, zumindest seit seine Frau ihm verboten hatte, im Haus Dinge zu reparieren. Das war auf die Dauer einfach zu teuer geworden. Ich glaube, ich habe euch schon einmal etwas über Rudi (mentär) erzählt, oder?

Jedenfalls sitzt er jetzt an einer Hotline für einen großen Onlinevertrieb. So einen weiblich kriegerisch klingenden, hab' den Namen vergessen. Und dem Rudi taugt das total, weil er den Job von zuhause erledigen kann. Er soll nämlich den Leuten gar nicht helfen, nein, er dient nur als lebender Telefonboxsack. Was das ist? Na, des Rudis Job ist es, sich anpflaumen zu lassen, auf dass sich die Leute abreagieren mögen, um schlussendlich dergestalt befriedigt und aufgebaut das eigentliche Problem zu vergessen. „Sich Luft machen" nennt das der Psychologe, und darum heißt Rudis Jobbeschreibung korrekterweise auch „Telefonischer Emotionscoach". Was den Rudi sehr stolz macht, weil er endlich Kohle dafür bekommt, was er bislang in dreiunddreißig Jahren Ehe immer kostenlos machen musste.

Und weil jeder Sandsack irgendwann auch mal seinen Frust abladen muss, bin ich Rudis „wöchentlicher stammtischlicher Emotionscoach" geworden, wofür ich leider keine Kohle bekomme, was die Frage aufwirft, ob Rudi mir intellektuell nicht doch weit überlegen ist?

Letztens sitzen wir also wieder beisammen, und Rudi erzählt wieder ein wenig aus seinem schier unerschöpflichen Fundus an Heißdrahtgeschichten.

„Stell dir vor!", sagt er gerade, „Letztens habe ich eine Lehrerin am Rohr, die hatte Probleme mit ihrem neuen PC."

Rudi sagt immer „am Rohr", wenn er eigentlich „am Ohr" meint und PC spricht er aus wie „Päh Zäh". Und dann erklärt er, was die arme, softwaregeplagte Lehrerin von ihm wollte.

„Die Tussi hatte ziemliche Probleme mit dem Installieren eines Schulprogrammes. Zum Drucken von Zeugnissen. Das Ding heißt wohl ARISTOTELES und das hat sie auch von uns gekauft, deshalb konnte ich sie nicht gleich abwimmeln, was ich aber sowieso nicht darf, weil ich ja dazu da bin, mich hauen zu lassen. Also verbal, meine ich."

Klar, für das physische Verkloppen werden Männer nie bezahlt, eher das Gegenteil.

„Cooler Name für ein Schulprogramm!", finde ich. *„Wusstest du übrigens, dass Aristoteles der Lehrer von Alexander dem Großen war?"*

„Na, das passt!", meint Rudi. *„Der ist dann irgendwo im Urlaub in Asien an Fieber gestorben, weil ihn das alles so aufgeregt hat mit seinem Lehrer, oder? Und wenn er den Knoten seiner Schuhe mal nicht aufgebracht hat, musste er ihn durchschneiden."*

Ich verkneife mir jetzt eine Aufklärung zu Alexanders Eroberungen und dem Gordischen Knoten und beschließe, das mit der intellektuellen Überlegenheit doch noch einmal zu überdenken.

Er erzählt weiter. Die Installation dieses Programms liefe über drei CDs, sagt er. Anfangs wäre noch alles gutgegangen, aber dann wäre die Meldung gekommen „CD 2 einlegen", und ab da lief nichts mehr.

Rudi macht jetzt eine dramaturgische Pause und trinkt einen Schluck Bier.

Jedenfalls habe sich nach zwanzig Minuten Telefonberatung herausgestellt, dass die gute Frau Schuldirektorstellvertreterin die zweite CD einfach auf die erste draufgelegt habe, weil in der Meldung am

Schirm nichts davon gestanden hatte, dass man die erste CD entfernen müsse.

Ich spucke den Schluck Bier, den ich gerade genommen habe, lachend wieder aus. Sorry Rudi!

Nun, sie hätte ihn dann noch ein wenig beschimpft, aber ein Anruf wegen der dritten CD sei ausgeblieben, meint er. Dafür dann am nächsten Tag wegen etwas anderem.

Ich beneide ihn wirklich nicht um diesen Job!

„Und was war das?" Eigentlich will ich das gar nicht wissen, schade um das gute Bier, aber dem Rudi hilft es, und wozu hat man schließlich Freunde?

Naja, sie hätte dann angerufen und wäre furchtbar aufgeregt gewesen, weil sie nach nur siebenundzwanzig Minuten – die blöde Kuh habe das echt gestoppt! – in der Warteschleife endlich drangekommen sei, um ihm ihr Problem mit dieser *„dämlichen Software"* zu erörtern, worauf er sofort seine eingeschulte Deeskalationsstrategie ausgepackt und ihr erklärt habe, dass „herrlich" von „Herr" komme und „dämlich" von ... nun, die Strategie habe irgendwie nicht funktioniert. Er sei halt an diesem Tage schon ziemlich genervt gewesen. Ist eben auch nicht jeder Tag gleich.

Ich will jetzt natürlich wissen, *welches* Problem das gewesen sei.

Naja, der Schreibtisch wäre zu klein geworden. Sie wäre mit der Computermaus schon über die Tischkante hinausgefahren und immer noch nicht am Menü angekommen. Er hätte ihr dann sofort eine pragmatische Lösung vorgeschlagen, dass sie den Wohnzimmertisch daneben stellen solle, aber in diesem Moment wäre sein Sohn bei der Tür hereingekommen und hätte gemeint: *„Maus hochheben und absetzen!"* Und damit hätte er ihr Problem dann schlussendlich gelöst.

Ich muss echt aufpassen, wann ich trinke. Schon der zweite Prust-Spuck-Bier-Verlust an diesem Abend. Und ich werde das mit Rudis intellektueller Überlegenheit nicht mehr überdenken müssen! Dafür muss ich mir mal die Lehrer meiner Kinder genauer ansehen.

Eigentlich ist meine Aufnahmefähigkeit für heute ziemlich erschöpft, aber Rudi hat noch ein Highlight für mich. Gestern habe ein Kerl angerufen, der sich aufgeregt habe, dass eine kürzlich bestellte CD seinen sündteuren CD Player ruiniert habe. Nach längerem Diskutieren habe Rudi dann nach dem Interpreten und dem Titel gefragt, um die Angelegenheit zu prüfen.

„Kein Problem!", sagte der Kunde. *„Steht ja drauf. Die CD heißt TRENNSCHEIBE und der Interpret EDELSTAHL."*

In Rudis Beruf muss man eben FLEXibel sein.

Ministerwahl

"Papa, wie werden eigentlich die Minister ausgesucht?"

Aha, Sohnemänner haben in der Schule politische Bildung. Na, dann erklären wir ihm das halt mal.

"Willst du wissen, wie das die Verfassungsväter geplant hatten oder wie die Realität ist?"

Er schaut ein wenig verunsichert drein. Ich mag das. Verunsicherten Leuten kann man alles erzählen, die stellen selten etwas infrage.

"Äh, beides!"

"Die Verfassungsväter - damals waren leider keine Frauen beteiligt - wollten Menschen als Minister, das heißt ja wörtlich ‚Diener', bei denen sich Fachwissen, Integrität und politische Kompetenz in einer Person vereinigt finden. Eigentlich sehr einfach."

"Klingt vernünftig. Und die Realität?"

Mein Sohn kennt mich und weiß, dass nach so einer einführenden Definition bei mir meistens ein „Aber" kommt.

"Ist komplizierter. Da gilt es, andere Kriterien zu erfüllen."

"Welche denn?"

"Nun, manche werden Minister, weil sie aus einer Organisation kommen, die ein Abonnement auf einen Minister hat. Zum Beispiel werden meistens hohe Gewerkschafter Sozialminister.

Andere sind einfach langgediente Parteisoldaten, die niemandem gefährlich werden können. Anders formuliert: Sie sind unfähig genug, um dem Kanzler nicht die Show zu stehlen.

In der ÖVP müssen dann auch noch alle wichtigen Bünde irgendwie vertreten sein, also ÖAAB, Wirtschaftsbund, Bauernbund, etc.

Manche werden auch Minister, weil sie halbwegs hübsch aussehen und / oder gut reden.

In letzter Zeit muss auch eine gewisse Anzahl Frauen vertreten sein.

Und dann gibt es noch Minister, die werden einfach hinein-protegiert."

Nachdem ich ihm erklärt habe, was Protektion ist, ja, das kenne er von der Deutschlehrerin, die habe auch ihre Lieblinge in der Klasse, denkt er kurz nach (ich mag das!) und kommt zu seinem Schluss:

"Klingt nicht gut. Und wie wird man bei den ganz Rechten Minister? Du weißt eh, wen ich meine."

"Da reicht es, wenn man sich beim Aufhängen eines Bildes aus den Dreißigerjahren des letzten Jahrhunderts nicht auf den Daumen haut. Und wenn, ist es auch nicht schlimm, weil die Farbe dann eh hinkommt. Die haben mangels Personaldecke sonst kaum Kriterien."

Reini ist entflohen!

"*Oh mein Gott!*", fiel meine Lieblingsnachbarin mit einem Ausdruck des Entsetzens mit der Tür ins Haus und in meine Arme, als ich nach fünfminütigem Sturmläuten endlich zur Tür gegangen war. Was ruft sie auch ausgerechnet während des Q3 an?

Was Q3 ist? Ihr schaut nicht Formel eins, oder? Ich erkläre euch das jetzt auch nicht.

"*Was ist denn los, Franziska?*", frage ich sie und versuche irgendwie, ihrer Umklammerung zu entkommen. Sie ist absolut nicht mein Typ, war sie auch nicht, als sie noch Franz hieß.

"*Reini ist abgehauen!*", heult sie mir das neue Rock Rebel-Shirt voll. 19,90- bei EMP, das muss jetzt wirklich nicht sein!

"*Wer bitte ist 'Reini'?*" Ich kenne mich gerade gar nicht aus. Dachte, die Franziska ist allein zuhause wie der Kevin aus dem Film.

"*Der Reini macht bei mir sauber. Hab' ihn vor einigen Wochen gekauft. War gar nicht teuer.*" Sie heult immer noch.

"*Gekauft?*" Ich wusste ja, dass sie manchmal etwas schräg ist, aber ... Sklavenhandel? Im Ernst jetzt? Habe ich etwas verschlafen bezüglich der neuen Flüchtlingspolitik?

"*Ja, beim Hornbach. 399,-. Eine Occasion war das. Und so unkompliziert. Hab' ihn ausgepackt und aufgeladen, und seitdem saugt er ...*"

"*Du, das mit dem Saugen will ich jetzt gar nicht im Detail wissen!*", falle ich ihr ins Wort.

Sie sieht mich mit ihren großen Kuh-, Ochsen- oder Wasweißichwas-füreinrindvieh-Augen an. Dann leuchtet so etwas wie Verstehen in ihnen auf.

"Mann! Du denkst mal wieder wie ein typischer Kerl! Reini ist mein Staubsaugerroboter. Ich nenne ihn halt so, weil er ... nun, er macht halt rein, verstehst du? Und gestern ließ ich kurz die Terrassentüre offen, da ist er einfach abgehauen!"

Mir fällt ein Stein vom Herzen. Gott sei's gedankt nur ein Roboter und kein Sklave. Wie man mit entlaufenen Sklaven umgeht, da hätte sie auch eher zu meiner Exfrau gehen müssen, die hat da Erfahrung, seit ich damals ausgebüchst bin zum Scheidungsanwalt. Der meinte nur: *"Scheidung? Nach allem, was Sie mir erzählen ... Sklaven verkauft man!"* Also wie gesagt - mit entlaufenen Leibeigenen hätte ich zwar Erfahrung, aber von der falschen Seite. Jagt man die mit Bluthunden? Oder erschießt man sie gleich? Keine Ahnung. Aber bei einem Roboter kann ich Franziska vielleicht helfen.

"Du Franz...iska, nach allem was ich weiß, kann man die Dinger ja mit dem Handy steuern, oder?"

Sie nickt und trocknet sich die Tränen. Ich hasse das, wenn Frauen weinen. Man fühlt sich da immer so schuldig. Selbst wenn die Frauen ehemalige Männer sind, das macht es eher noch schlimmer, weil man da neidisch wird, da man selbst als Mann eben nicht weinen darf. Jedenfalls bin ich so erzogen. Heute ist ja sowieso alles anders. Da sagen die Frauen, sie stehen auf weiche Männer, die ihre Gefühle zeigen können, nur um dann erst mit einem Macho alten Zuschnitts abzuhauen.

"Okay, also gib mir mal dein Handy, dann müsste er uns sagen, wo er gerade ist."

Macht sie. Die App meint: *"Aktuell kein Signal. Letzter Aufenthaltsort:"* Und dann kommen GPS Koordinaten. Auf Bruchteile von Bogensekunden genau. Ich gehe auf die Landkartenapp und schau nach, wo das ist.

***

Franziska mag mich jetzt nicht mehr. Ich wollte ja gar keinen Poolroboter, und dass Reini sich beruflich verändern wollte, ist auch wirklich nicht meine Schuld, oder?

Der ganz normale Dörrsinn

„Was für ein Obstjahr!", dachte ich mir, als ich nach langer Zeit mal wieder in meinen Garten ging. Hatte ja fast vergessen, dass ich einen habe. Und wenn die Glotze nicht nach einem Marathon den Geist aufgegeben hätte, wer weiß?

Die Fußballweltmeisterschaft war eben zu viel für den alten Kasten, und ich stand einen Monat nach dieser Dauerbelastung vor der diffizilen Frage: Was tun mit den drei Stunden an diesem Samstagnachmittag, bis der Frank den neuen 3D-OLED-Super-Stereo-Dolby-Athmos-GTI bringt und in Betrieb nimmt?

„Na, wie wäre es, wenn du mal raus gehst in den Garten und dir ansiehst, wie viel Arbeit ich da jeden Tag reinstecke?", hat meine bessere Hälfte süffisant gemeint.

„Welcher Garten?", frage ich ehrlich verwundert, noch immer sauer, dass die Kiste mitten im Formel 1 – Qualifying rauchend wie ein Ferrari mit Zucker im Tank den Geist aufgegeben hat.

„UNSER Garten! Das Grüne da draußen vor dem Fenster!"

Ich bin ja kein Pantoffelheld, aber Mann muss wissen, wenn Mann seiner Frau nicht widersprechen sollte. Also raus bei der Wintergartentüre (seit wann haben wir einen Wintergarten? Und wozu hat der eine Tür?) und ab in die Wildnis. Wow, gemähter Rasen (seit wann haben wir einen Rasenmäher?), alle Sträucher geschnitten und … Mann! Die Obstbäume (seit wann haben …) biegen sich! Was da alles drauf hängt!

„Schnucki, hast du gesehen, wie viel Obst da dranhängt?", rufe ich in Richtung Terrasse, wo meine Angetraute gerade die Möbel abwischt und ... woher und seit wann haben wir die? Nein, nicht die Frau, die Möbel und die Terrasse? Die Frau habe ich ja nicht, das ist eher umgekehrt.

„Ja, habe ich. Das kommt davon, dass der Nachbar freundlicherweise heuer im April die Bäume geschnitten hat. Der kann das nämlich im Gegensatz zu so manchem anderen!", trägt prompt der Wind ihre Antwort zu mir.

„Der Müller?"

„Ja, der Müller. Als Wiedergutmachung sozusagen, für die Laubbläsergeschichte."

Obacht, Günter! Wenn der Müller zu einer Wiedergutmachung verpflichtet wurde, dann haben die beiden sicher auch für mich was ausgeheckt. Ausgeheckt. Ich weiß auf einmal, was im Herbst auf mich zukommen wird.

„Und was machen wir mit all dem Obstzeug, wenn es reif ist?". Die Unvorsichtigkeit dieser Frage ist mir bewusst gewesen, bevor ich das letzte Wort gesprochen habe. Vorher denken, dann reden! Aber wie soll ich wissen, was ich denke, bevor ich höre, was ich sage?

„Nun, mein geliebter Ehemann, die Äpfel SIND bereits reif, jedenfalls die Frühäpfel, die Zwetschgen sind es bald, die Birnen auch, die Erdbeeren waren schon reif und die letzten Himbeeren sind ebenfalls reif. Du könntest ja EINMAL was Vernünftiges machen, außer nur vor der Glotze herumzulungern, bis deine Augen rechteckige Form annehmen, und ein paar Himbeeren und Äpfel pflücken und mir brin-

gen, damit ich den Rhabarber-Apfel-Streuselkuchen machen kann, den du so magst."

Wie gesagt – Mann muss wissen, wann Widerspruch sinnlos ist. Und diesen vermaledeiten Kuchen mag ich wirklich. Also ab zu den Sträuchern und Bäumen und zurück mit beiden Händen voll frischer Ware.

„Soll das ein Witz sein?", empfängt sie mich lachend (seit wann hat sie was zu … ach lassen wir das).

„Wieso?"

Statt mir zu antworten, drückt sie mir zwei Kübel in die Hand, nachdem ich diese von ihrer Last befreit habe. Ich blicke sie ungläubig an.

„Vollmachen! Und bei den Äpfeln zuerst das Fallobst, die ganz fauligen kannst du auf den Komposthaufen werfen. "

Dreimal am Tag zu wissen, wann Widerspruch unangebracht ist, das dürfte neuer Rekord sein. Und ein viertes Mal wird's heute nicht geben, nehme ich mir zumindest vor und trotte missmutig in Richtung Apfelbaum davon. Die Logik sagt mir, dass Äpfel diese beiden Eimer definitiv schneller vollmachen können als Himbeeren.

Eine Stunde und drei Wespenstiche später sind die Kübel voll. Zumindest stechen die Wespen bei mir nur in die Hand, aber ich bin ja auch nicht der Karli. Frank wo bleibst du mit dem neuen TV? Aber Frank ist schon am Installieren. Meine Frau muss an der Türe gewartet haben, damit er nicht läutet und ich das nicht höre. Frauen sind manchmal so verschlagen!

„Wird noch ein Stündchen dauern!", grinst er mich an. *„Was hast du mit dem ganzen Obst vor?"*

Ich setze gerade zur Antwort an, dass ich keine Ahnung hätte, was die beste aller zukünftigen Ex-Ehefrauen damit vorhabe, als diese mir zuvorkommt:

„Er möchte Dörrobst machen, für den Winter. Damit er von den Chips beim Fernsehen wegkommt und was Gesünderes futtern kann."

Ha! Wir haben gar keinen Dörrapparat, das weiß ich zufällig genau! Und Rhabarber-Apfel-Streuselkuchen war abgemacht, vom Dörren war keine Rede!

„Übrigens super, Frank, dass ihr da noch zwei Dörrer hattet und du mir die gleich mitgebracht hast!", höre ich sie mit ungläubigem Staunen diesen Verräter loben. Und er lacht dazu. Arschloch, das zahle ich dir schon noch heim! Das mit dem Heimzahlen sage ich aber nicht laut. Das mit dem Arschloch weiß er eh.

Zwei Dörrapparate mit je acht Lagen – da bringst du schon ein paar Apfelringe unter. Zumal die Äpfel, weil's die ersten heuer sind, zum Großteil angefault, angebohrt und angefressen sind und entkernt, geschält und ausgeschnitten werden müssen, bevor man sie dann in Dreimillimeterringe schneidet und auf das Gitter legt. Ich arbeite geschlagene zwei Stunden, während sie sich von Frank das neue *„Monster im Wohnzimmer"*, wie sie sich ausdrückt, erklären lässt. Steuerbar und programmierbar mit über eine App dem iPhone, die er ihr auch installiert hat. Ihr, nicht mir. Das mit dem Arschloch weiß er ganz sicher.

Was in den nächsten Wochen zur Folge hat, dass sie mir über das Handy einfach das Bild einfriert, wenn sie der Meinung ist, ich sollte was in Haus oder Garten erledigen. Und Frank weigert sich, mir das Passwort für die App, die ich mir nutzloserweise auch installiert habe, mitzuteilen. Sorry alter Kumpel, aber ich habe lieber mit dir ein Problem als mit deiner Frau. Darauf kannst du deine Dörr-apparate verwetten, lacht er. Ich habe ihm das mit dem Arschloch für den Fall, dass er es doch nicht wüsste, dann nochmal gesagt.

Also dörre ich. Ich dörre Äpfel. Ich dörre Himbeeren. Ich dörre Wein-trauben. Klingt gut, ja, aber unsere Trauben haben Kerne und meine Frau will keine Kerne in den Rosinen. Habt ihr schon einmal vier Kilo-gramm Trauben entkernt? Das wäre ein Scheidungsgrund! Aber nur, wenn man das Passwort für die TV App hätte.

Ich dörre Zwetschgen, als die endlich reif sind, wobei die Prozentzahl wurmiger Exemplare von knapp 100% am Anfang auf etwa 10% im Laufe der Wochen abnimmt. Die Würmer wären's ja nicht, aber die Würmer scheißen die Früchte innen voll, wenn sie fressen, und das ist sowas von grauslich! Ich werde Frank nicht töten, nein, ich werde nachts in seinen Pool klettern und das machen, was die Würmer in den Zwetschgen machen. Und zuvor zwei Kilo Zwetschgen essen, damit es sich auch rentiert. Jawohl!

Ich dörre Birnen. Ich dörre dazwischen immer wieder Äpfel (es gibt frühe und späte Sorten, wie ich jetzt weiß) und Zwetschgen (wenn sie nicht zuhause ist, gehe ich zum Pissen jedes Mal in der Hoffnung zum Baum, dass ihn das irgendwann umbringen wird, das Risiko mit den Wespen nehme ich in Kauf).

Und dann besorgt sie, als das Obst langsam überschaubar wird, „biologisches Obst" vom Markt. Das Übriggebliebene vom Abend. Kriegt sie fast umsonst. *„Für's Dörren gut genug!"*, meint sie.

Und wenn ich ganz brav bin, darf ich mir am Sonntag sogar das Ren-nen ansehen. Aber nicht das Qualifying am Samstag. Samstag ist Gartenarbeitstag.

„Samstag nachmittags haben wir wirklich was anderes zu tun, Schatz!", lächelt sie mich an. Seit wann lächelt sie?

Das muss ein Ende haben. Wenn das so weitergeht, dörre ich im Winter Orangen, im Frühling Erdbeeren, im Sommer und im Herbst Obst und dazwischen vermutlich auch bald noch Fleisch. Nein, das muss ein Ende haben. Ich rufe den Karli an, als sie gerade mal wieder am Samstagnachmittag zum Markt wegfährt, und erkläre ihm mein Dilemma.

„Alter, ich dachte schon, du wärst krank oder sowas, weil du dich gar nicht mehr rührst!", brüllt er ins Telefon, um den Lärm vom Qualifying zu übertönen.

„Ach ja, vermutlich hast du deshalb fünfzehnmal besorgt NICHT angerufen, was?", entgegne ich ihm schnippisch.

Er braucht drei Sekunden, bis das sickert. Und dann fragt er mich, wo mich der Schuh drückt, und ich erkläre es ihm. Karli ist nicht die hellste Kerze am Kuchen, aber ich muss sagen, sein Ratschlag hat was ... er ist eben doch ein echter Freund, nicht so einer wie Frank.

Am nächsten Tag kommt er mit zwei Kilo Gemüse vorbei. Super zum Dörren sei das, erklärt er mir grinsend, und wer jetzt glaubt, ich würde ihm dafür eine verpassen, der irrt. Stattdessen kommt das Zeug sofort auf den Dörrapparat.

***

Ich habe jetzt das Passwort für die TV App. Und Dörren darf ich auch nicht mehr. Meine Frau ist für eine Woche zu ihrer Mutter gezogen, bis das Ärgste vorüber ist. Sie hat herzzerreißend geweint, als sie vom Markt nach Hause gekommen ist. Ich hatte auch feuchte Augen.

Sogar die Lebensmittelmotten sind freiwillig ausgezogen. Das hat Frau Klug zehn Jahre lang nicht geschafft, trotz aller Bio-Mottenfallen.

Gott sei Dank ist es warm, sodass ich die Fenster offenlassen kann.

Die gedörrten Jalapeno Chilis habe ich eingelegt, die gedörrten Zwiebeln und den Knoblauch gemahlen und in Gläser gefüllt. Die stehen als stille Mahnung jetzt am Küchentisch. Einlegen kann man übrigens fast alles, was man auch dörren könnte, habe ich ihr zum Abschied noch gesagt. Und es beißt, wenn es sich um Chili handelt, auch nicht in den Augen.

Die beiden Dörrapparate habe ich als versöhnliche Geste dem Obstgott als Brandopfer dargebracht. Wie? Stilgerecht. Im Garten aufgestellt, eingeschaltet und dann mit Wasser gefüllt. Wasser kannst du nicht dörren, na ja, zumindest nur einmal pro Dörrapparat.

Hauptsätze

Keine Angst, es geht hier nicht um Grammatik. Obwohl ich ein Schreiberling bin. Nein, es geht um Politik und um Physik. Ich bin ja Physiker. Jedenfalls habe ich das irgendwann einmal studiert. Als ich letztens beim Aufräumen meines Zimmers eine alte Diplomarbeit gefunden und ein wenig darin geschmökert habe, dachte ich mir: *„Wow, ziemlich unverständliches Zeug. Das könnte man besser machen, wenn selbst ich als Physiker nichts davon verstehe, was da steht."* Leider war es meine eigene Diplomarbeit. Mittlerweile bin ich halt weit weg von diesem Themenbereich, was soll man machen?

Politik interessiert mich ebenfalls. Ein gewisses Maß an Masochismus (Klugscheißermodus ein: Das kommt übrigens vom Herrn Sacher-Masoch, der den Roman „Venus im Pelz", vielleicht kennt ihr den oder auch den Film, geschrieben hat, Klugscheißermodus aus) darf man jedem zubilligen, oder? Und Physik und Politik haben ja nicht nur die Anfangs- und Endbuchstaben gemeinsam. Nein, da gibt es viel tiefer gehende, weitreichende Analogien!

Nehmen wir beispielsweise die drei Hauptsätze der Wärmelehre (das ist nichts anderes als statistische Physik) her:

1. Hauptsatz: *"Die Energie eines abgeschlossenen Systems ist konstant."*

2. Hauptsatz: *"Der Grad der Unordnung (Entropie) strebt einem Maximum zu (oder bleibt bestenfalls konstant)."*

3. Hauptsatz: *"Der absolute Nullpunkt der Temperatur ist unerreichbar."*

In der Politik heißt der 1. Hauptsatz dann:

"Die Summe aller Probleme ist konstant."

Erläuterung: Wenn du eines löst, entsteht irgendwo anders ein neues. Das trifft in der Tat und ganz ohne Ironie den Nagel ziemlich auf den Kopf, finde ich. Als griffiges Beispiel dazu seien nur die diversen Personalrochaden in den Regierungen genannt. Wenn einer so dämlich ist, dass er irgendwann auch für seine eh schon leidensfähige eigene Partei untragbar und unerträglich, also zum Problem wird, dann wird er wegbefördert (mit der Betonung auf „befördert") und durch ein anders Problem ersetzt. Es ist müßig, hier nach Beispielen zu suchen, die drängen sich einem eher auf. Regierungen scheinen regelrecht geil darauf zu sein, diesen Hauptsatz bei jeder sich bietenden Gelegenheit immer und immer wieder zu beweisen.

Der 2. Hauptsatz der Politik besagt:

"Es kann nie besser werden."

Erläuterung: Wenn Politiker neue Gesetze oder Verordnungen erlassen, wird es in Summe nie besser, meistens schlechter, maximal bleibt es gleich. Im Einzelfall kann zwar etwas besser werden, aber dafür werden an anderer Stelle einige Dinge dadurch so viel schlechter, dass die Gesamtbilanz an Verschlechterung ins Plus marschiert. Anders formuliert: Die Qualität der Verwaltung eines Staates ist der negativen Entropie gleichzusetzen. Sie kann auf Dauer nicht anders als sinken.

Eine griffigere Variante dieses Hauptsatzes, leichter zu merken, lautet: *"Wie man es macht, macht man es falsch!"*

Der 3. Hauptsatz ist der so genannte Wahlkampfsatz:

117

"Es geht zwar immer noch tiefer, aber der Nullpunkt des Niveaus wird nie erreicht."

Erläuterung: Würde der je erreicht werden können, wäre jeder weitere Wahlkampf sinnlos, weil man den letzten nicht mehr unterbieten könnte, was dann die Frage aufwerfen würde, wozu immer noch wählen? Siehe dazu auch den ersten und den zweiten Hauptsatz.

Elternfreuden

Ach, wie waren sie süß, als sie zweieinhalb waren! Nun gut, sie haben an guten Tagen fünfmal superfluid in die Windeln gepfeffert, aber das verklärt die Muse der Erinnerung zu einem geradezu lieblichen Duft, wenn – ja, wenn sie mal sechzehn sind und entdeckt haben, dass man den Eltern ganz anders ins Konzept scheißen kann!

„Papa, wir werden am Samstagabend ausgehen!"

Wie bitte? Was? Ja, dürfen's denn das? Haben wir sie nicht noch vor kurzem zur Erstkommunion begleitet?

„Hä? Ihr seid vierzehn!"

„Papa, wir waren vor einem halben Jahr sechzehn. Wo lebst du?"

Steilvorlage für einen elterlichen Klassiker:

„In meinem Haus. Und ihr auch! Und solange ihr da lebt, bestimme ich, wie alt ihr seid!"

„Also beim Spülerausräumen letztens sagtest du, dass wir das ruhig auch mal machen können, mit fast siebzehn könne man schon mal im Haushalt mithelfen ..."

Ich muss mal mit dem Deutschlehrer reden. Seit sie das Freifach KDD (Kommunikation, Diskussion und Debatte) belegt haben, werden mir die Rotzer schön langsam definitiv zu beschlagen.

„Das ist etwas ganz an..."

„Also entweder sind wir fast siebzehn oder vierzehn. Da gibt es keine Grauzone, wie in deinen verbliebenen Haaren, Papa!"

Grauzone. Dieses Wort ist auch neu. Ich muss DRINGEND mit dem Typen reden!

Ich will gerade ein weiteres, nicht zu widerlegendes Argument in die Diskussion einbringen – warum eigentlich diskutiere ich mit ihnen? Ich kann ANORDNEN! – sehe aber, dass sie schon in ihre Zimmer geflüchtet sind. Das haben sie nicht von mir, unliebsame Diskussionen einfach dadurch abzuwürgen, dass man das Gegenüber dumm im Regen – oder wie in diesem Fall beim Geschirrspüler – stehen lässt, bis die erste Aufregung vorüber ist. Meine Exfrau hasste das bei mir. Also, das haben die nicht von mir. Ich habe es nämlich noch.

Ich könnte die Diskussion zwei bis dreizehn zu diesem Thema, verteilt von Dienstag bis Freitag, natürlich hier en Detail wiedergeben, beschränke mich aber darauf, nur das Ergebnis des einberufenen Familienrates mitzuteilen. Seit ich mit den Jungs allein lebe, ist der Familienrat gewichtungsmäßig deutlich zu Gunsten meiner Person mutiert. Wir haben da nämlich ein einfaches System: Pro Lebensjahr eine Stimme. Ich habe daher mit 52 zu 32 immer die absolute Mehrheit. Das war anders, als sie früher je nach Thema mal mit mir, mal mit ihrer Mutter Koalitionen gebildet haben. Was dazu führte, dass das Urlaubsziel stets die beiden bestimmten. Außer wir Erwachsenen waren uns einig. Wie gesagt, sie bestimmten das Urlaubsziel.

Das Fazit der Diskussionen:

Sie dürfen am Samstag im Rahmen des Jugendschutzgesetzes ausgehen. Sprich: Um zwölf zuhause! Und sie müssen mir jeden Lokalwechsel per whatsapp mitteilen. Und sie dürfen nicht mit anderen mitfahren, weder im Auto noch auf Mopeds, etc. Viel zu gefährlich! Und keinen Alkohol! Wehe!

„Und wenn das nicht klappt, hole ich euch ab, Freunde. Ich verspreche euch, das wollt ihr nicht sehen!"

***

Samstagnacht, 0:20 Uhr. Keine Sau zuhause. Außer mir, und ich bin einigermaßen reinlich. Mein whatsapp ist natürlich leer wie mein Sparbuch nach der Scheidung, aber ich habe eine Vermutung, wo sie sind. Im „Sprit", das ist ein Welser Jugendlokal im dortigen Bermudadreieck. Na wartet! Ihr wolltet es nicht anders!

Ich werfe mich in die Kinder-wollen-abgeholt-werden-Spezialkleidung. Kariertes Holzfällerhemd, das mit den Schnupftabakflecken, braune Dreiviertel-Cordhose (fragt mich nicht, wo ich die gekauft habe! Das war gar nicht so einfach), weiße Tennissocken, Sandalen, Steirerhut mit Gamsbart. Wenn ich sie geholt habe, werden sie aus Scham lange nicht mehr auf Achse sein wollen. Jedenfalls nicht in Wels!

Zwanzig Minuten später betrete ich das Sprit und ziehe sofort alle Blicke auf mich. Hm, ich sollte diese Kluft mal für meine nächste Aufrisstour in Erwägung ziehen. So viel Aufmerksamkeit errege ich sonst nie. Ich sehe die Jungs mit zwei Mädels an der Bar stehen. Was haben die da für ein Getränk vor sich? Sieht aus wie Orangensaft. Gut! Besänftigt mich etwas.

„Noch einen Screwdriver, die Herren?", fragt sie der Barkeeper, als ich gerade hinter ihnen stehe. Sie haben mich als einzige im Lokal noch nicht bemerkt. Wie auch, ihre Augen stecken in den Dekolletees der zugegebenermaßen recht hübschen Mädels. Screw-

driver? Cappyvodka sagten wir damals dazu. Na wartet. Eigentlich wollte ich euch nur ein wenig blamieren, aber …

„Hallo Kinderleins!"

Ich brülle die laute Musik problemlos nieder. Praktisch jeder Kopf im Lokal dreht sich ruckartig in meine Richtung. Ich ziehe das Bündel aus meiner Hosentasche. Dann wedle ich für alle gut sichtbar damit herum.

Ihre Blicke werde ich nie vergessen, als ich weiterrufe:

„Ihr Vergissmeinnichte habt die Kondome vergessen. Habe ich euch nachgebracht. Nicht, dass ihr euch wieder einen Tripper holt, wie ich damals. Ihr wisst ja, da hing ich ewig dran! Hübsche Hasen habt ihr euch da aufgezwickt. Von denen könnt ihr sicher was lernen. Ihr seid ja noch Jungfrauen, gell? Mädels, seid ihnen nicht böse, wenn sie zu schnell fertig sind."

Wir waren zehn Sekunden später draußen. Es wurde eine sehr schweigsame Heimfahrt.

***

Nun, das sollte so wie beschrieben laufen. Es lief in Wahrheit etwas anders, und ich bin ein schlechter Lügner. Sie waren nicht im Lokal und riefen mich nächsten Tag um neun an, ich sollte sie von den Mädels abholen, wo sie übernachtet hatten.

„Weißt du Papa, du sagtest, das Jugendschutzgesetz sei einzuhalten. Nun, wir waren daher nach zwölf zuhause. Halt nicht bei dir zuhause, aber das hast du ja auch nicht verlangt."

Ich muss DRINGENDST mit diesem Deutschlehrer reden!

Drei Mehrchen

Kennt ihr Grimms Märchen? Was, wenn man einige davon in unsere Zeit transferiert? Und vielleicht sogar auch noch in die Sprache der Jugend?

Was da wohl dabei herauskäme?

Das hässliche Entlein

Es war einmal ein bettelarmer Student, er hieß Joachim, der konnte sich kein Auto leisten, mit dem er *„Freude am Fahren"* hatte. Auch ein *„Vorsprung durch Technik"* war unerschwinglich, obwohl ja galt: *„Nichts ist unmöglich!"* Er sagte sich daher: *„Feel the difference!"* und dachte sich *„Hauptsache, es ford!"*, als er sich schlussendlich eine Ente kaufte, die er sich im wahrsten Sinne vom Munde abgespart hatte, indem er zusätzlich zu seinen zwei Nebenjobs jahrelang auch noch auf seine Lieblingsspeise – knusprige Ente mit Chop Suey – verzichtete und stattdessen Butterbrot aß. Aber nun stand sie da, die kleine Ente, und glänzte in seinen Augen fast so wie seine Augen selbst.

Citroen - *„Creative Technology"* eben!

Und so saß er denn im frisch zugelassenen 2CV, stolz wie eine Hauskatze, wenn sie dem Frauchen die Maus vor den Kühlschrank legt, und es fiel ihm gar nicht auf, wie potthässlich dieses Gefährt eigentlich war. Bis – ja, bis es ihm seine Freundin brühwarm ins Gesicht sagte. Diese grausame, tussige Hexe war nämlich verwöhnt wie die sprichwörtliche Prinzessin auf einer Erbse. Nicht, dass ihre Eltern besonders reich gewesen wären. Dann wäre sie wohl kaum mit unserem Joachim befreundet gewesen. Nein, sie war eher mittellos – sowohl monetär als auch intellektuell und vor allem moralisch – aber sie hatte eben andere Qualitäten. Und so nahm sie unserem armen Joachim seine ganze Freude als sie schnörkel-, gefühl- und mitleidlos meinte:

„In diese grässliche, laute Rostschüssel setze ich mich jedenfalls nicht!"

Und weil er kein Geld für ein anderes Auto hatte, verließ sie ihn schließlich und angelte sich einen begüterten Sohn eines bekannten Politikers, der seit vierzehn Jahren Psychologie und Publizistik studierte und der tatsächlich ein Auto mit Freude am Fahren sein Eigen nannte. Sie hatte ihn in einer Bar kennengelernt, in der sie häufig auf die eine oder andere Art verkehrte, wenn Joachim seinen Nebenjob als Nachtwächter ausübte und sie einfach in der Wohnung allein zurückließ.

Zuerst war Joachim furchtbar traurig gewesen. Aber dann merkte er, dass er plötzlich wie durch ein Wunder viel mehr Geld zur Verfügung hatte. Er konnte sich das zuerst nicht erklären, bis ihm ein echter Freund die Augen öffnete:

„Alter! Die Tussi hat dir einfach die Haare vom Kopf gefressen. Und du Blödmann hast gepeckt! Sei froh, dass du die Schmarotzerin los bist!"

Trotzdem nagte ihre Kritik an seinem Entlein weiter an ihm. Aber da er nun etwas Geld zur Verfügung hatte, begann er es sukzessive zu verschönern.

Zuerst baute er einen mächtigen Frontspoiler an. Dann kam der Heckspoiler, aber zuvor ließ er das Entlein tiefer legen und zog ihm breitere Patschen auf die Entenfüße. Dazwischen wurde es neu lackiert – „goldmätallisäää" mit silbernen Einlegearbeiten zum Thema „Star Wars" – es sah hinreißend aus mit dem silbrig glänzenden Lichtschwert auf der Fahrertür, dem in Schwarz und Silber eingelegten Darth Vader Kopf auf der Kühlerhaube und dem kunstvoll gesprayten X-Fighter hinten.

Doch fiel ihm auf, dass der Klang nun nicht mehr zu seiner „Millenium Duck" passen wollte, also ließ er sich einen Soundgenerator mit 4x350 Watt und einem mächtigen Subwoofer einbauen, was zur Folge hatte, dass auf dem Rücksitz nun niemand mehr mitfahren (oder was auch immer) konnte, aber kleine Opfer muss man eben bringen. Das Gefühl, das die Blicke der anderen Autofahrer in ihm hinterließen, wenn er an der Ampel im Leerlauf sein mit dem Gaspedal gekoppeltes Soundsystem röhren ließ, war durch nichts zu ersetzen.

Naja, es wäre nett gewesen, wenn die Beschleunigung damit hätte mithalten können. Daher ließ er schließlich auch noch den Motor auf mehr als 150 PS tunen und das Fahrwerk verstärken, damit sein Entlein beim Beschleunigen nicht gleich wieder auseinandergerissen wurde, dass die Stoßdämpferfedern nur so stoben.

Gut! Manchmal musste er gewisse Tuningarbeiten verschieben, weil mittlerweile die Organstrafmandate häufiger ins Haus flatterten. Um dem Einhalt zu gebieten, musste er wohl oder übel sein Entlein neu typisieren lassen, was ein kleines Vermögen verschlang und weitere Ausbaupläne für einige Monate verzögerte.

Aber dann ging es weiter. Ein Xenonlicht sorgte dafür, dass man nicht nur ihn gut sah, sondern auch er die anderen. Wenn er die Scheinwerfer aufdrehte, war das, wie wenn die Enterprise ein Photonentorpedo abfeuerte. Da ihn deswegen der Gegenverkehr immer öfter mit der Lichthupe traktierte, tauschte er die Frontscheibe gegen eine phototrope Windschutzscheibe aus, die automatisch abdunkelte, wenn das auf sie fallende Licht stärker wurde.

Nun fehlte noch eines: Er musste darauf vorbereitet sein, dass wieder einmal ein hübsches Mädchen in sein Auto einsteigen wollte. Dafür waren noch ein paar kleine Änderungen nötig.

Die Türen wurden auf per Knopfdruck vom Lenkrad steuerbare Flügeltüren umgebaut. Eine echte Ente hatte schließlich auch Flügel, nicht wahr? Der Beifahrersitz wurde ausgebaut. Dafür kam ein ebenfalls auf Knopfdruck alle Stückchen spielender Ledermassagesessel rein. Inklusive Liegeposition. Die Hausbar musste er dafür etwas verkleinern, aber für eine Flasche Sekt reichte die Größe immer noch. Gott sei Dank dachte er noch rechtzeitig daran, auch alle anderen Fenster auf per Knopfdruck abdunkelbares Spezialglas um- und eine Geräuschdämpfung einbauen zu lassen!

Als das mittlerweile eher an ein Raumschiff erinnernde Entlein nun dergestalt aufgemotzt vor ihm stand, bereit zur ersten Aufrissausfahrt, lächelte Joachim zufrieden. Nie wieder würde jemand es wagen, seinen Liebling hässlich zu nennen.

Genussvoll ließ er vor dem Abstellen des Motors noch einmal das Soundsystem aufbrüllen, als er bei der Diskothek etwas außerhalb der großen Stadt vorfuhr. Dann öffnete er seine Flügeltür (auch das war mit einem Star Wars Sound unterlegt, nämlich dem eines aufflammenden Laserschwerts) und stieg aus dem Wagen, bereit die Bewunderung der zusammengelaufenen Masse entgegenzunehmen.

Als er ausgestiegen war und in die verblüfften Gesichter der vielen Schaulustigen blickte, rieselte ihm eine Emulsion aus Zufriedenheit, Stolz und Glückseligkeit den Rücken hinunter. Wer würde der erste dieser Bewunderer sein, der seine Sprachlosigkeit überwand? Hatte er nicht auch seine Exfreundin unter den Leuten gesehen? Ha, die würde sicher sprachlos sein!

War sie nicht. Sie war sogar die erste, die etwas sagte. Und das so laut, dass alle es hören konnten.

„Mann, typisch! Eine Karre wie ein Schloss und dann steigt so ein hässliches Entlein aus!"

Der Froschmann

Es war einmal ein schwerreicher Industrieller, der hatte aus seinen vier Ehen ebenso viele Töchter. Und einen Sohn, aber der war leider ziemlich missraten, weil er nämlich von seiner zweiten Frau stammte, die zu seinem Pech auch in der Schwangerschaft nicht aufgehört hatte Crystal Meth zu rauchen. Das Zeug ist aber echt die Hölle für den Körper, sage ich euch, ohne diese Geschichte jetzt zu einer ziemlich durchsichtigen Antidrogenkampagne verkommen lassen zu wollen. Nun ja, dem Sohn wäre es wurscht. Der war seit seiner Geburt eine Matschbirne, meinte der Vater in seiner feinfühligen Art. Immerhin hatte er das Glück, dass sein Vater genug Kohle hatte, um ihn samt seiner Mutter in einem Luxuspflegeheim aufs Feinste versorgen zu lassen. Die Tussi kam dort sogar vom Meth los, was ihr aber schlussendlich nicht gut bekam, denn als die Birne wieder halbwegs klar war, machte sie einen auf Spinne und seilte sich ab. Mit einem Strick um den Hals. Hatte wohl ein schlechtes Gewissen wegen des Filius oder so.

Die erste Frau war dem Kapitalisten leider bei der Geburt der ältesten Tochter gestorben. Hatte er dem Mädel nie verziehen und sie auf irgend so ein Internat in die Schweiz geschickt und sich dann nicht mehr um sie gekümmert. Schlimme Sache! Ganz schlimm! Ich erzähle euch ihre Geschichte vielleicht später noch, denn hier geht es um die vierte Tochter. Bildhübsche, siebzehnjährige Göre und höllisch verzogen!

Es zeigte sich schon recht bald, was für eine Zicke sie war, aber der eigentlich recht coole Paps hatte mit seiner Firma ziemlich viel um den Hals und sah sie nicht oft genug, um das zu schnallen. Dabei wäre es nach Meinung der Geschäftsführer seiner Betriebe eh besser gewesen, wenn sich der alte Sturschädel nicht so oft eingemischt hätte. Mag ja sein, dass er den ganzen Mist aufgebaut hatte, aber sich als Boss von einigen Tausend Mitarbeitern immer noch jeden Antrag für den Kauf einer Handbohrmaschine zur Kontrolle vorlegen zu lassen, das war schon ein wenig schräg. Na ja, was soll's? In so einem Unternehmen weiß man sich immer zu helfen. Und so gab es neben der Buchhaltung und dem Controlling, das er kannte, auch eine – realistischere – Datenhaltung, wo wirklich alle Kosten korrekt aufgeschrieben waren. Beziehungsweise eingetragen. In eine Datenbank.

Trotzdem oder auch deswegen lief das Unternehmenskonglomerat ziemlich gut. Was es herstellte? Wird nicht verraten. Diese Geschäftsidee werde ich vielleicht selbst noch einmal realisieren, und ich will nicht, dass ihr sie mir klaut.

Die beiden mittleren Töchter bin ich euch noch schuldig. Das waren Zwillinge, Madeleine und Angelique hießen sie. Und ihre Namen waren auch schon das Schönste an ihnen. Aber sie waren intelligent, warmherzig und folgsam. Nur war Paps zwar prinzipientreu aber eben auch ein Mann, also ein sexistischer Mistkerl, und hat ihnen daher die hübsche Marie – so hieß die vierte Göre – vorgezogen.

Es war im höchsten Maße ungerecht, aber so ist das Leben: Als Madeleine und Angelique ihren achtzehnten Geburtstag hatten und jede einen SLK bekamen, heulte die damals sechzehnjährige Zicke ein wenig herum – und am nächsten Tag stand ein Lamborghini in der Garage. Worauf sie den Vater ansah und fragte:

„Und den soll ich jetzt zwei Jahre lang angucken, wie er in der Garage steht, oder wie?"

Am nächsten Tag stand er nicht mehr in der Garage. Auch die Geduld eines liebenden Vaters hat seine Grenzen! Die Karre stand jetzt in der Einfahrt zum Anwesen. Und vor dem Wagen stand ein livrierter Chauffeur, was dem Vater die Gunst der geliebten Tochter wieder zurückbrachte. Nicht nur wegen der Fahrkünste des Typen, nein, der Knabe wusste auch ziemlich beeindruckend darüber Bescheid, wie man einem jungen, weiblichen Fahrgast das Leben auf dem Rücksitz versüßt.

Aber auch der beste Chauffeur hat Anrecht auf fünf Wochen Urlaub im Jahr. Und der Scheißkerl hatte sich den Urlaub mitten im Sommer genommen! Drei Wochen Kreta mit seiner schwangeren Frau. Was für ein Arsch! Und Paps hat ihm und seiner hässlichen Zicke von Ehefrau auch noch dazu sein Appartement am Strand überlassen, weil *„er sich so rührend um mein Mariechen kümmert, wenn ich arbeiten muss."* Wenn du wüsstest, womit der in mir herumrührt, Paps! Na, vielleicht sage ich dir das bei Gelegenheit noch.

Marie ist also stinklangweilig und sie ist übelst gelaunt, weil die Urlaubsvertretung des Chauffeurs zwar ebenfalls gutaussehend und jung aber leider auch stockschwul ist! Das veranlasst sie, ihrem Herrn Vater doch noch nicht gleich Bescheid zu geben über die *„rührende Obsorge des Chauffeurs"*. Wer weiß, wie der nächste Fahrer aussehen würde? Schwul und noch dazu hässlich? Nein, keine gute Idee! Das lassen wir mal lieber sein!

Sie geht daher anstatt mit dem Chauffeur shoppen oder poppen zu fahren mit ihren Schwestern in den Park. Anders kann man den „kleinen Garten" hinter ihrem Anwesen nicht nennen. Und was machen drei fast erwachsene Mädels an einem sonnigen Sommertag im Garten? Den alten Gärtner necken? Nein, langweilig. Erstens würden das die beiden ollen Jungfrauen nie tun und zweitens hat sie es ja gestern schon zur Genüge getan. Und vorgestern. Bis er samt seinem hässlichen Sohn, der sich um Pferde und um die Fische im Teich kümmert, gekündigt hat und Paps ihn erst nach zwei Stunden und einer saftigen Gehaltserhöhung zum Weitermachen hatte überreden können. Und nachdem sie sich bei diesem runzligen, hässlichen Quasimodo auch noch hatte entschuldigen müssen! Das wird er ihr noch büßen, aber nicht heute! Besser etwas Gras über die ganze Sache wachsen lassen. Oder welches rauchen. Was, wie ihr einfällt, auch nicht geht, weil ihre Grasquelle gerade mit seiner Alten in Griechenland am Strand liegt. Es ist echt zum Kotzen! Da hast du einen Gärtner im Haus und kein Gras!

Ich weiß auch nicht, was Mädels in diesem Alter sonst so machen. Aber in unserem Falle ist Marie wirklich *sehr* langweilig, und so lockt sie Madeleine und Angelique zum Steg – der Garten hat einen riesigen Teich samt Fischen, Steg und Ruderboot – um ihnen angeblich eine gerade aufblühende Seerose zu zeigen. Als sich die beiden die Augen aus dem Kopf gucken, schubst Marie sie von hinten ins Wasser und lacht sich die Seele aus dem Leib. Der Tag hat schlussendlich ja doch noch etwas Gutes, findet sie, und zieht ihre vergoldete Special Edition eines iPhones aus der Tasche der Designerjeans, um das hilflose Geplantsche der beiden Nichtschwimmerinnen zu filmen, solange es noch was zu filmen gibt. Nein absaufen wird sie die beiden nicht lassen, aber ein wenig Spaß muss schon erlaubt sein, oder? Wird sich sicher lustig machen auf Facebook, das Video! Und dabei denkt sie an die Videos mit dem Chauffeur, die sie sicher nicht auf Facebook stellen wird. Aufpassen beim Hochladen! Sonst gibt das eine Katastrophe. Mindestens einen Monat Sperre auf Facebook wegen „unverhüllter Nacktheit" oder gar wegen „offensiver Pornographie", das wäre nicht auszuhalten! Besser das Video der beiden dafür hernehmen.

131

Bei diesem Gedanken muss sie wieder lachen. Es ist einfach zu drollig, wie eine Nichtschwimmerin sich an der anderen festzuhalten versucht. Was sitzen die beiden Streberinnen auch immer bei ihren Aufgaben anstatt einfach die Lehrer zu bestechen und ein wenig schwimmen zu gehen? Eben! Nicht für die Schule lernen wir, sondern um im Teich zu überleben!

Sie lacht, dass es sie schüttelt. Was dazu führt, dass ihr die vergoldete und daher etwas rutschige Spezialedition eines iPhones entgleitet und genau zwischen zwei Brettern des Stegs ins Wasser fällt. Was wiederum dazu führt, dass ihre Laune schneller abkühlt als die beiden Hexen, als sie vorhin ins Wasser geplumpst sind. Die haben es in der Zwischenzeit übrigens von allein geschafft, das rettende Ufer zu erreichen und trollen sich wortlos in Richtung Haus davon. Sie werden ihre Schwester nicht verraten, weil das erfahrungsgemäß sinnlos ist. Ihr Vater hält ihr ja doch wieder die Stange. Oder vielleicht auch sie ihm, denken sie ein wenig bitter.

Marie brüllt den Gärtner herbei. Marie kann ziemlich laut brüllen. Dreißig Sekunden später läuft der auch schon zum Haus zurück und kurz darauf kommen zwei Typen in Taucherkleidung samt Maske angetrabt. Marie ist überrascht. Dass sie eine Taucherausrüstung, nein sogar zwei, vorrätig hatten, das hat sie nicht gewusst. Aber die Überraschung wird noch von ihrer Panik dominiert. Das iPhone ist nämlich wasserdicht. Sie muss es wiederhaben. Wenn das in falsche Hände gerät, hat sie echt Erklärungsnotstand bei Paps! Sie muss die beiden Taucher wohl ein wenig motivieren.

„Wer mir das iPhone bringt, den heirate ich von der Stelle weg!", pusht sie die beiden Froschmänner. Der eine der beiden legt noch etwas auf die Erde. Sieht aus wie ein Mobiltelefon. Wird wohl nicht

wasserdicht sein wie meines, denkt sie belustigt. Dann hüpfen die beiden Froschkönige ins Wasser.

Fünf Minuten später hält ihr der Froschmann, der vorhin sein Handy weggelegt hatte, ihr unversehrtes, goldenes iPhone hin. Wortlos. Marie ist erleichtert. Das ist ja nochmal gutgegangen! Sie nimmt es, ohne sich zu bedanken und geht ins Haus, um das Video endlich hochzuladen.

Am Abend sitzt die ganze Familie beim Essen. Paps mag ja viel arbeiten, aber das gemeinsame Abendessen mit seinen Töchtern ist ihm heilig. Er ist überhaupt ein Prinzipienritter. Ein Mann der alten Schule. *„Wir sind stets verlässlich und stehen zu unserem Wort!"* hängt in riesigen Lettern über allen Eingängen zu seinen Firmen. Sein Lebensmotto quasi.

Es gibt Hühnersuppe und dann Schnitzel. Paps liebt Schnitzel, aber Marie freut sich schon auf den Nachtisch. Schokoladenpudding. Es ist jetzt nicht so, dass sie das klebrige Zeug besonders mag, aber sie sorgt immer gerne dafür, dass sich ihre Schwestern damit bekleckern, indem sie diese beim Essen mit irgendetwas erschrickt. Okay, das mit der Vogelspinne letztens beim Bananensplit war fast ein wenig zu viel, aber sie konnte es damit erklären, dass sich diese Viecher immer mal wieder in Bananenschachteln versteckt einschleichen.

Sie überlegt gerade, wie sie das heute hinbekommen wird, als Quasimodo Senior mit Quasimodo Junior hereinkommt. Der Gärtnerssohn kratzt sich verlegen am Kopf, räuspert sich schüchtern und nimmt dann seinen ganzen Mut zusammen:

„Ähm, Chef, Ihre Tochter hat mir heute am Teich ihre Hand versprochen. Ich wollte sie fragen, wann wir die Hochzeit halten können?"

133

Paps ist völlig konsterniert. Ob das wahr sei, will er von Marie wissen. Völliger Blödsinn, versichert ihm diese. Einfach nur ein billiger Versuch einer Rache für kürzlich. Schändlich sei das. Und dann weint sie gekonnt ein paar dicke Tränen in ihren Pudding, worauf ihr sofort ein neuer gebracht wird.

Paps ist außer sich. Er wird zwar nie laut, aber sein Ton verrät seinen Zorn, als er den beiden die Leviten liest.

Bis der Junge sein nicht wasserfestes Handy hervorholt und das gefilmte Versprechen abspielt.

Ich hatte erwähnt, dass Maries Paps ein sehr prinzipientreuer Mensch ist, oder? Und weil er nun schon zornig ist und man Zorn nicht so einfach abstellen kann, richtet sich dieser zum ersten Mal im Leben auf Marie.

„Ihr heiratet nächsten Sonntag!", bestimmt er. *„Und deine Schwestern sind die Brautjungfern."* Und dass Marie zur Strafe für ihre Lüge in einem Kartoffelsack heiraten werde, einem Büßergewand also. Und er werde einfach jeden einladen, den er kenne. Punkt!

So arg kommt es dann zwar nicht, das mit dem Kartoffelsack konnte man ihm ausreden, und er lädt nur fast jeden ein, den er kennt, was immer noch eine Menge Leute sind, aber die Hochzeit findet statt. So ganz nebenbei werden auch noch ein paar lukrative Geschäfte angebahnt, quasi um die Hochzeit zu refinanzieren. Er ist ja nicht dumm, der Vater. Deshalb ist auch der Ehevertrag anwaltlich geprüft und wasserdicht, selbst für Froschmänner. Sollte er einmal einer anderen als seiner Tochter ein vibrierendes Elektrogerät aus einem feuchten Biotop holen, darf er gleich wieder als Gärtner arbeiten.

Aber daran denkt an diesem Abend keiner, und Marie küsst am Ende sogar noch vor dem Altar ihren Froschmann, der sich schon vorher mit einem vom Brautvater finanzierten Armanianzug in einen herzeigbaren, wenn auch ein wenig buckligen Prinzen verwandelt hat.

Und wenn sie sich nicht gegenseitig umgebracht haben, leben sie noch heute.

Hänseln und granteln

Vor gar nicht allzu langer Zeit begab es sich im kleinen, ehemaligen Kaiserreiche, der nunmehrigen Republik Knusperreich, dass man das Volk zu Wahlen rief. Das war nun nichts Ungewöhnliches, und so schritten Männlein und Weiblein einträchtig sonntags zu den Urnen und warfen dort schöne, hellgrüne Zettelchen hinein, auf dass der Mann oder die Frau, die der meisten solcher Zettelchen sammeln konnte, fürderhin ihre Geschicke lenken möge.

Nur manche waren gar übel gelaunt und sprachen, wobei sie jede Ehrerbietung missen ließen, von einem wahrhaftigen Urnengange, als wäre es ein Begräbnis und keine Wahl. Als würde hier nicht ihr Schicksal entschieden, sondern vielmehr über ihr Schicksal Gericht gehalten, als gäbe es nur die Wahl zwischen Teufel und Beelzebub.

Am Abend war die Wahl geschlagen, und so manch eifriger Bürger saß noch immer im örtlichen Gasthofe, wohin er sich nach Besuch der heiligen Messe und Abgabe seines Votums eilig hatte begeben, um mit den anderen, wackeren Männern den Ausgang und die Folgen dieses Entscheids einer eingehenden, hopfentrankgestützten Analyse zu unterziehen. Bei so mancher Diskussion ging es dabei gar hitzig her, bei anderen hatte am Ende der gewonnen, der nicht von einer wütenden Ehefrau frühzeitig abgeholt worden oder am Tische eingenickt war.

Und so kam es, dass viele erst am späten Abend vom Ausgang der Wahl erfuhren, nämlich der ganz und gar unerwarteten Situation, dass der gestandene Kandidat der einen Partei mit der rustikalen Vertreterin der anderen Partei in eine so genannte Stichwahl würde eintreten müssen.

Nun waren glücklicherweise die Zeiten vorbei, wo eine Stichwahl immer einen der beiden tot auf dem Feld der Ehre hatte zurücklassen müssen, gestochen wurde also nicht mehr, jedoch gekämpft wurde wie eh und je. Und das mit harten Bandagen, im übertragenen Sinne könnte man sagen, denn die beiden hatten ihre politischen Boxhandschuhe mit Pech getränkt und dann in Glasscherben getaucht, um den Schaden eines jeden Schlages in des politischen Gegners Deckung zu maximieren.

Der eine hieß zufällig Hans, seine Widersacherin Gretel. Wobei es in Wahrheit kein Zufall war, denn die Mutter des einen hatte den Namen nach ihrem Liebsten, dem Vater des Kindes, ausgesucht, und ihr Ehemann, der Ludwig hieß, hatte nichts dagegen, weil er nichts davon wusste. Und auch bei Gretel war der Name mit Bedacht gewählt, weil der Vater des Kindes damals eine Erbschaft von seiner Tante Margarete in Aussicht gehabt hatte, die er jedoch nie erhalten sollte, weil die Greteltante schließlich einhundertzwei Jahre alt wurde und ihn um einige Jahre überlebte. Aber das Mädchen hieß nun einmal wie es getauft worden war und ging mit diesem ihren Namen in den Stichwahlkampf.

Und der war schmutzig! Man warf sich allerlei Vorwürfe an den Kopf (und auch an tiefer gelegene Körperregionen), sodass man im Volke bald nicht mehr von Hänsel und Gretel sprach, sondern vom *„Hänseln und Granteln"*.

Hänsel rief Gretel zu, sie sei eine *„linkslinke, grünversiffte faschistische Diktatorin"*. Gretel wiederum legte Hänsel nahe, er sei *„fast so schlimm wie der böse, alte Kaiser, der damals einen großen Krieg vom Zaun gebrochen hatte, in dem das halbe Volk zugrunde gegangen war."*

Und so ging es weidlich drei Wochen hin und her, bis dann der Tag kam, an dem man sich zum Talk im Turm traf, wo die Burgherrin Ingarid die beiden zu einer Konfrontation, wie man das jetzt nannte, wenn sich zwei in aller Öffentlichkeit befetzten, eingeladen hatte.

Ingarid, diese böse Hexe, hatte den Stimmungsofen mit einigen Fragen so angeheizt, dass alsbald sowohl Hänsel als auch Gretel fürchterlich zu schwitzen begannen, während sie – immer lauter werdend – ihre immer weniger subtilen Attacken gegeneinander ritten, wobei sich die Burgherrin ins Fäustchen lachte. Und auch der Senderchef, weil das gut für die Einschaltquoten war, wie er meinte.

Bald hatten sich Hänsel und Gretel so tief im Argumentationswalde verlaufen, dass sie nicht mehr herausfanden. Immer tiefer verstrickten sie sich im Wald der Widersprüche und Lügen, bis auch der letzte Zuseher wütend sein Televisionsgerät auf einen anderen Kanal umgestellt oder abgedreht hatte (was dem Senderchef nicht gefiel). Und als dann kurz darauf der Tag der Wahl kam, ging niemand hin, weil alle das Interesse verloren hatten.

Außer Hänsel, Gretel, dem Senderchef und der Turmherrin Ingarid, dieser alten Hexe, natürlich. Diese vier gingen wahrhaftig zur Urne. Der Sendechef das vorletzte Mal, weil er bald darauf aus nie ganz geklärten Gründen sterben sollte.

Und als dann nach zwei Tagen alle Stimmen gezählt waren, war die Überraschung und das Wehgeschrei groß: Die Turmherrin, obgleich gar nicht angetreten, hatte zwei Stimmen, die beiden anderen nur je eine bekommen. Eine Stimme war ungültig, und nachdem nicht mehr geklärt werden konnte, wie vier Wähler fünf Stimmen abgeben konnten, wurde sie nochmals und hochoffiziell vom Verfassungsgerichtshofe für ungültig befunden, womit das Problem nun auch juristisch geregelt war.

Und so kam es also, dass das ehemalige Kaiserreich jetzt von einer Hexe regiert wurde. Und wenn sie nicht in einem Ofen gelandet ist, regiert sie von ihrem Turm am Königelsberg herab noch heute.

***

Das waren jetzt also die drei modernisierten, grimmigen Märchen. Und weil man mit der neuen Rechtschreibung alles anders machen darf, und weil diese Märchen mehr in unsere Zeit passen als die alten, nenne ich sie Mehrchen. Damit man sie von den alten unterscheiden kann.

Frauenlauf

Es ist lange her, seit ich die letzte Geschichte über den Karli geschrieben habe. Aber jetzt geht es ihm wieder gut. Heraus aus dem Krankenhaus. Was? Ach so, ja, habe ich euch ja gar nicht erzählt ... Ich gebe das wieder, so gut ich mich daran erinnern kann. Ist ja gleichsam aus zweiter Hand. Aber ich glaube, es hat sich ganz ähnlich zugetragen.

Der Karli und seine Frau, also eigentlich ist sie ja nur seine Lebensabschnittspartnerin gewesen, LAP, wie das heute heißt, die hatten einen kleinen Zwist bezüglich der Gestaltung des letzten ersten Mai.

Der Karli kam nämlich irgendwann Mitte April um acht Uhr abends von der Arbeit heim, da steht sie schon missmutig an der Tür. Und - kein Witz - hat den Bartwisch, in der Hand, hoch erhoben.

"Wo warst so lange?", fragt sie. *"Ich bin schon seit fünf von der Yogastunde zuhause und du kreuzt jetzt erst auf?"*

Das hat dem Karli nicht gefallen. Er musste ja Überstunden machen, weil seine Susanne unbedingt neue Fliesen im Bad wollte, und sowas kostet halt Geld. Na ja, und EIN Bier danach beim Wirtn, also bitte ...

"Was hast mit dem Besen vor? Putzt du noch oder fliegst du weg?"

DAS war jetzt kontraproduktiv, lieber Karli! So entspannt war die Susanne nach dem Yoga nämlich auch wieder nicht. Aber der Karli wich dem Schlag routiniert aus und wechselte schnell das Thema.

"Was machen wir am ersten Mai?"

Ungläubiger Blick seiner Susanne: "*Depp! Da ist Frauenlauf, wie jedes Jahr!*"

Der Karli ist Zyniker. So müde kann der gar nicht sein. Und so kann er sich mal wieder nicht zurückhalten.

"*Frauenlauf? Haben die nichts zu waschen und zu putzen? Oder üben sie da die Läufigkeit?*"

Jetzt war er nicht schnell genug ausgewichen. Und die Susanne hatte den Handfeger (Bartwisch = Handfeger, liebe deutsche Freunde) mit der harten, der Holzseite präzise auf seine linke Augenbraue niedersausen lassen. Schon sah der Karli aus wie ein Boxer nach dem ersten Wirkungstreffer.

"*Herst! Bist deppert? Nein, ich ziehe die Frage wegen Offensichtlichkeit zurück.*"

"*Du chauvinistischer Arsch!*", wirft ihm Susanne mit hochrotem Kopf an den seinen. "*Sowas kann auch nur von dir kommen!*"

"*Nein*", sagt der Karli im Brustton der stammtischlichen Erfahrung, "*der Ferdl und der Joe und überhaupt alle ...*"

"*Aha? Der Ferdinand? Das wird der Karin aber nicht gefallen, wenn ich ihr das morgen Vormittag beim Tennis erzähle!*"

"*Heute Yoga, morgen Tennis - ihr habt echt zu viel Zeit!*"

Ich muss da jetzt ein wenig ausholen. Die Susanne verdient das Doppelte vom Karli. Die ist nämlich Innenarchitektin. Sogar eine In-Innenarchitektin. Die macht drei Planungen im Jahr und lacht alle aus. Hat halt einfach Stil und Geschmack. Also, die hackelt zwar weniger als der Karli, aber das dafür mit Hirn. Und das wurmt ihn schon.

Ehrlich gesagt. Aber hätt' er halt was Richtiges gelernt, der Karli, selber schuld, kein Mitleid! Und - das wird jeder verstehen - Susanne zahlte die neuen Fliesen in seinem Haus nicht. Ist ja Karlis Hütte, also wirklich!

"Wie auch immer. Erster Mai, Frauenlauf, und du rennst mit!", bestimmte Susanne in einem Ton, wie ihn nur Frauen in langjährigen Beziehungen beherrschen.

Den nun folgenden Dialog wiederzugeben, das würde den Rahmen dieser Geschichte sprengen. Klar meinte der Karli, als er letztens am Häusl gewesen sei, wären ihm da unten zwei runde und ein längliches Ding aufgefallen, weshalb er davon ausginge, dass er keine Frau sei ... worauf die Susanne meinte, so ein Theater sollte er um die Kürze seines Anhängsels lieber nicht machen, was er glaube, warum sie neben dem Bett die Lupe liegen habe ... worauf der Karli meinte, und beim Duschen hätte er oben jedenfalls keine Brüste gefunden, wobei, das würde er eh bei Susanne auch nicht, dazu brauche er nicht einmal eine Lupe ... und so weiter. Egal, irgendwann war auch die zweite Augenbraue geplatzt, die Susanne spielt nämlich einen sehr guten Bartwisch-Vorhand-Topspin-Longline.

Der Karli ist aber nicht nur leidensfähig, der ist auch ein gerissener Hund. Am nächsten Tag rief er mich also an und schlug vor, am ersten Mai einen Männerlauf zu inszenieren.

"Was?", murmelte ich geistesabwesend. Ich hatte gerade eine echt interessante Doku über das Neunauge, das ist irgend so ein Fisch, gesehen. Wirklich hochinteressant, ich war innerhalb von Minuten eingeschlafen, was ja der eigentliche Zweck von TV-Dokumentationen ist.

"Ja, Männerlauf. Als aktiver Widerstand gegen den lächerlichen Emanzenhatscher, weißt eh!"

"Und wie stellst du dir das vor? Wenn der Ferdl oder der Joe mehr als hundert Meter schnell gehen müssen, sind wir drei Tage später bei einer Leich!"

"Scheiß dich nicht an, ich erkläre dir das jetzt."

Und dann folgte die Streckenbeschreibung. Start sollte am Kirchenplatz sein, nach dem Hochamt, also, wenn alle nach einer Stunde Kirche gut ausgeschlafen seien. Von dort zur ersten Verpflegungsstation, dem Kirchenwirt, der damals wieder so hieß, weil ihm als „Dorfwirt" ja die bigotte Kundschaft davongelaufen war, habe ich ja bereits an anderer Stelle erzählt. Wie der Name vermuten lässt, ist das eine überschaubare erste Etappe. Nach kurzer einstündiger Rast weiter zum Emmet, wo die zweite Verpflegungsstation eingerichtet werden würde. Wieder kurze Rast, von dort weiter ins Ziel am Kirchenplatz. Sieger sei nicht, wer als Erster ankomme, sondern, wer nach der Ankunft noch stehen könne.

"Das sind in Summe sicher 400 Meter", warf ich ein, *"da wird das mit dem Stehen problematisch!"*

"Deshalb machen wir es auch in Dreierstaffeln", vernichtet Karli mein Argument auf seine unwiderstehliche, logische Art und Weise. Wir nennen ihn nicht umsonst manchmal Spock. Wenn er nüchtern ist, hat er das Gehirn eines Computers. Okay, aus der Zeit, in der Raumschiff Enterprise gedreht wurde, aber immerhin.

So, wie Karli es geplant hatte, haben wir das dann auch gemacht. Und es wäre ein richtig netter Tag geworden. Obwohl unsere Strecke die des Frauenlaufs einmal kreuzte. Und ich hatte dem Karli gesagt,

143

Karli, habe ich gesagt, zieh nicht dieses T-Shirt an. Tu das nicht! Die machen keine Gefangenen, die stellen den Phaser nicht auf Betäubung! Mach das nicht!

Nein, er hat mal wieder nicht auf mich gehört. Und als er mit dem Shirt mit dem Aufdruck "Frauen an den Herd, Emanzen in den Herd!" als Startläufer den Frauenlauf kreuzte ...

Na, jedenfalls jetzt geht es ihm wieder gut. Wohnt auch wieder alleine. Mit neuen Fliesen im Bad. Aber der Männerlauf war ein durchschlagender Erfolg. Jedenfalls für die Frauen.

Das Dilemma des Kommunismus

In meiner Familie herrscht zwar keine Diktatur, aber auch kein Kommunismus. Wir bilden, wie an anderer Stelle schon erwähnt, ein demokratisches System mit mir als Mehrheit. Trotzdem geht es meinen Söhnen gut, und sie kommen immer wieder gern mit ihren Fragen zu mir. So wie letztens:

"Papa, wir sprachen letztens über Gerechtigkeit, weißt du noch? Jetzt haben wir in der Schule den Kommunismus durchgenommen."

Ah, sprachen wir? Gott sei Dank sprachen wir nicht über mein schlechtes Gedächtnis.

"Okay?"

"Also. Der Marx sagte ja, dass alles allen gehören soll. Warum ging es dann den Leuten im Kommunismus so schlecht? Die Lehrerin erzählte, dass es da meist nur leere Regale gab, in den Geschäften."

Ich muss grinsen, was ihn zu der Frage veranlasst, warum ich lache.

„Kennst eh den alten Witz? Kommt ein Russe ins Geschäft, steht vor dem leeren Regal: Gibt es da keine Wurst? – Keine Wurst gibt es da drüben, hier gibt es keinen Käse!"

Jetzt lacht er auch. Ich fahre fort:

"Naja, Theorie Marx, Praxis Murks, würde ich sagen. Willst du es genauer wissen?"

"Ja, ich muss ein Referat halten dazu."

Ich spare mir den auf der Zunge kitzelnden Hinweis, dass man nicht nur das genauer wissen wollen sollte, das man für ein Referat braucht und versuche, ihm das Wesen des Kommunismus zu erklären.

"Okay, dann versuche ich es zu erklären, so wie ich es verstanden habe:

Also: VOR Marx gab es den Fabrikbesitzer und seine Arbeiter. Sagen wir, der produzierte Schuhe, okay?

Die Schuhe verkaufte er um 100 Euro pro Stück, nur eine Annahme, damit ich es besser erklären kann.

Das Material kostete 5 Euro, die Arbeiter bekamen pro Paar 10 Euro. Den Mehrwert von 85 Euro, so nennt Marx das, streifte der Fabrikbesitzer ein. Und das ist ungerecht, sagte Marx."

"Das mit dem GERECHT ist ja so eine Sache, aber so viel zu verdienen, das ist wirklich nicht richtig, wenn die Arbeiter so wenig bekommen, oder?"

"Da stimme ich dir zu, Sohn. Also sagte Marx: Wenn alles dem Volk, er nannte es Proletariat (Werktätige) gleichermaßen gehört, dann haben alle mehr. Einfache Rechnung, nicht wahr?"

"Ja. Und warum ..."

"Warte! Also machen wir Revolution, und am Ende verwaltet das Volk sich selbst. Es gibt keine reichen Ausbeuter mehr, allen geht es besser - außer den Ausbeutern natürlich. Soweit klar?"

"Ja."

"Natürlich kann man so nicht einen Staat führen. Viel zu groß, dieses Gebilde. Man muss die Verwaltung delegieren, also an geeignete Verantwortliche übergeben. Man setzt einen Fabrikverwalter ein, der sich zum Wohle des Volkes um alles selbstlos kümmert.

Der kriegt die gleiche Bezahlung wie seine Arbeiter. Wenn er Mist baut, wird er ..."

"... rausgeschmissen!"

"Nein, im Sozialismus gibt es keine Arbeitslosen. Jeder arbeitet voll motiviert, weil er ja quasi Mitbesitzer ist. Er wird also irgendwie anders bestraft. Zum Beispiel öffentlich kritisiert oder sowas, vom Arbeiterrat der Fabrik, und muss dann Schuhe nähen statt verwalten."

"Ui! Wird ihm nicht gefallen. Und wer macht dann die Verwaltung?"

"Irgendeiner, den der Arbeiterrat dafür bestimmt. Der denkt sich aber bei jeder Entscheidung, zum Beispiel, welche Schuhgrößen gefertigt werden sollen: Ich verdiene das Gleiche wie die Arbeiter, warum soll ich die Verantwortung tragen? Ich will außerdem keinen Fehler machen, ich treffe die Entscheidung nicht selbst, sondern frage einen Vorgesetzten!"

"Hat der überhaupt einen Vorgesetzten, als Verwalter?"

Er denkt mit ;-)

"Im Kommunismus gibt es immer einen, der über dir steht, wenn du nicht der Staatschef bist. Also der Vorgesetzte denkt sich das Gleiche und fragt einen Vorgesetzten, und so weiter. Was zur Folge hat, dass irgendwann gar keine Entscheidungen mehr getroffen werden."

147

"Ohhhh!"

"Genau. Also fertigt die Fabrik halt mal einen Monat lang keine Schuhe, weil keiner bestimmt hat, welche. Die Regale bleiben leer. Das ist Problem Nummer eins."

"Und was ist Problem Nummer zwei?"

Kurze dramaturgische Pause, ich nehme einen Schluck Wasser, räuspere mich und setze meine sonorste Stimme auf.

"Der Mensch."

"Hä?"

"Na, es menschelt - wie überall!

Nachdem das Volk sich nicht selbst verwalten kann, muss es eine Regierung bestimmen. Im Kommunismus sind das die Räte. Auf Russisch heißen Räte Sovjets.

Und weil Lenin entdeckt hat, als er den Fehler machte, frei wählen zu lassen, dass das Volk zu dumm ist, um die Kommunisten zu wählen - er bekam nur etwa 25% - beschloss er, dass freie Wahlen Scheiße sind, so lange das Volk so dumm ist, und legte fest, dass nur die kommunistische Partei weiß, was gut für die Leute ist.

Also herrschte schlussendlich nicht mehr das Volk, sondern die Partei. Und zwar absolut und totalitär.

Und natürlich haben es sich die Bosse in den Parteien gerichtet. Das war dann die neue herrschende Klasse. Sozusagen die kommunistischen Aristokraten."

"*Das hat der Marx aber nicht gewollt, oder?*"

"*Nein. Marx war ein Idealist, Kommunisten sind Ideologen. Aber wie gesagt: Theorie Marx, Praxis Murks.*

Der Kommunismus kann daher so lange nicht funktionieren, so lange nicht alle Menschen edel, hilfsbereit und gut sind. Nur - wenn sie das mal sind, brauchen wir keinen Kommunismus mehr, dann teilen eh alle von selbst."

Er grinst.

"*Soll ich das im Referat so sagen?*"

"*Du könntest ja einen Schülerrat einberufen und darüber abstimmen lassen ...*"

Wellnessurlaub

„Mensch, Franz! Lang nicht gesehen!", begrüße ich meinen alten Bekannten auf der Straße und denke mir: Ziemlich lange, so wie der aussieht! Macht aber nichts, ich schätze den Franz. Als Mensch und auf etwa 50. Man muss halt wissen, wie man ihn nehmen muss. Der Franz ist nämlich schwer krank. Er hat eine Krankheit, die große Schmerzen bereitet. Allerdings nicht ihm, sondern in erster Linie seinem Umfeld: Franz ist der ehrlichste Mensch, den ich kenne. Der sagt immer genau das, was er sich denkt. Gepaart mit seiner geradezu pathologischen Naivität und Infantilität ist das eine Kombination, die einen leicht verstehen lässt, warum er keine Freunde hat. Außer mir halt. Ich vertrag das ganz gut. Zumindest für 30 Sekunden, und dann verdrücke ich mich meist schnell wieder, was ich ihm dann immer ganz offen mit einem *„Oh, da fällt mir ein, ich muss noch ..."* erkläre.

„Hallo Günter! Junge, du hast aber ganz schön zugenommen!", begrüßt er mich mit für seine Verhältnisse ungewöhnlicher Zurückhaltung. Was mich sofort stutzig werden lässt. Letztes Mal hat er mich gefragt, ob ich zum Frühstück einen Fußball verschluckt habe.

„Alles in Ordnung, Frankie?", verwende ich seinen Spitznamen, den er hasst, wie ich weiß. Aber das beschleunigt die Begegnung in Richtung Trennung hoffentlich ein wenig.

„Nenn' mich nicht Frankie! Ich weiß, dass du weißt, dass ich das hasse. Und gar nichts ist in Ordnung. Ich war im Urlaub, musst du wissen."

Muss ich eigentlich nicht, aber wenn er glaubt ...

„Und? Urlaub ist ja was Schönes, oder? Warst allein?"

„Nein, mit meiner Frau. Sie hat einen Wellnessurlaub gebucht. Eine Woche in irgendeinem Fünfsternehotel irgendwo in Österreich. Frag mich nicht wo, ich weiß es nicht. Sie hat das Navi programmiert, ich bin nur gefahren, hab' die Koffer geschleppt und bezahlt. Wellness klingt ja nicht nur so ähnlich wie Loch Ness, die Ungeheuer dort sind aber schlimmer."

Puh! Der Arme! Ich kenne seine Frau. Eine zwangsromantische Hardcore-Veganerin mit esoterischen Anwandlungen, dauernd im Krankenstand befindliche Gesundheitsfanatikerin mit Burnout, Boreout und diversen Unverträglichkeiten, Alleswisserin und Lehrerin für Biologie und zu allem Überfluss und Überdruss auch noch nebenberufliche Ernährungsberaterin. Kurz gesagt: Das Bild, das man seinen Söhnen im Rahmen der Aufklärung zeichnet, wenn man möchte, dass sie sich noch ein paar Jahre von Frauen fernhalten oder schwul werden sollen. Aber sie hat es auch nicht leicht mit ihm, so ehrlich muss man sein. Als die beiden vor etlichen Jahren geheiratet hatten, war ich Kron... äh Trauzeuge. Ich war ja schon damals sein einziger Freund. Auf die Frage der Standesbeamtin, ob er gewillt sei, sie für immer zu lieben und zu ehren und ihr die Treue zu halten, meinte Franz nur, das könne er zu diesem Zeitpunkt unmöglich wissen ...

„Na ja ...", hebe ich an und komme nicht weiter als diese zwei einleitenden Worte, die nie dafür vorgesehen waren, etwas einzuleiten; außer einer Antwort von Franz.

„Bevor du mir sagst, dass du das eh nicht wissen willst, erzähle ich es dir einfach, weil es mir scheißegal ist, ob du das wissen willst; Hauptsache, ich kann es wem erzählen!", erklärt mir mein langjähriger 30-Sekunden-Freund in seiner unnachahmlichen Art.

151

„*Okeeeeee...*"

„*Wir kommen also dort an.*", beginnt er seine Erzählung, und ich befürchte, das wird länger dauern als 30 Sekunden und überlege mir bereits eine Exit-Strategie. Für alle Fälle.

„*Ich schleppe die Koffer zur Rezeption, während Tanja neben mir her stöckelt. Weißt du, das mit dem Umweltbewusstsein hört sich bei ihr bei Schlangenlederschuhen auf.*"

Er weiß, wie er einem Reptilienfreund weh tut, das muss man ihm lassen!

„*Ich grüße also die Rezeptionistin freundlich und denke mir: Fescher Hase. Nein, hab's eh nicht laut gesagt, was mich ziemliche Überwindung gekostet hat. Die grüßt freundlich zurück und sagt: ‚Herr und Frau Rehberger, ich habe Ihnen die Suite für Verliebte reserviert.' Und meine Frau lächelt. Das war ja ihre Idee, unserer Ehe mit diesem Urlaub wieder etwas Pep zu verleihen, weißt du? Den letzten Sex hatten wir vor mehr als einem Jahr, und der war so spannend wie ein Fußballspiel von Admira Wacker gegen Altach, weißt du?*"

Ich nicke, als wüsste ich es.

„*Und was hast du geantwortet?*", ist die Neugier bei mir jetzt doch ein wenig geweckt.

„*Ich hab' sie gefragt, ob wir umziehen müssen, falls die Verliebten doch noch kommen.*"

„*Autsch!*"

„Ja, das sagten Tanja und die Rezeptionistin quasi synchron auch. Na ja, dann gingen wir aufs Zimmer, und Tanja zog sich aus und wollte ..."

Da unterbreche ich ihn. Ich will mir das mit ihm und seinem ausgezehrten Hungerhaken von Frau ehrlich nicht vorstellen! Aber er lässt sich nicht beirren und fährt fort:

„... eingecremt werden. Mit irgend so einer Feuchtigkeitscreme, weil bei diesen Wellnessurlauben die Haut sonst austrocknet, meine sie. Ja, das wäre mir bekannt, sagte ich, dass sie mit Austrocknen ein Problem habe. Und da wurde sie ganz traurig und böse. Aber ich schwöre dir, ich hab' wirklich nur ihre Haut gemeint!"

Ich muss so lachen, dass es mich regelrecht herumwirft. Der Franz wird das nicht mehr lernen, nein, da ist Hopfen und Malz verloren.

„Dann sind wir runter an die Bar. Cool, dachte ich, ein Seiterl Bier oder ein Gespritzter wäre jetzt eh genau das Richtige. Gab es aber nicht. Kein Alkohol, sagte der Barkeeper und stellte mir eine grüne Brühe hin. Was da drin wäre, fragte ich ihn? Ein paar Kräuter, Fenchel und Quinoa, sagte er. Das ist dieses Urgetreide aus den Anden, weißt du?"

Diesmal nicke ich aus voller Überzeugung. Hab' das Zeug mal in einem Fünfsternhotel als Beilage zu einem rosa gebratenen Schweinerücken bekommen und sogar gekostet. Die Sau habe ich dann gegessen, das Anden-Cous-Cous nicht.

„Jössas, das klingt furchtbar!", sage ich im Brustton der Überzeugung.

„Kannst du laut sagen. Hab' dem Barkeeper dann auch gesagt – als er mich fragte, wie es mir zusage – dass es schmecke, als wenn es schon eine Herde Lamas mal gefressen gehabt hätten."

„Und was sagte Tanja dazu?", spiele ich Neugier vor und lege mir jetzt langsam einen Fluchtplan zurecht.

„Aber Fränzchen, das ist so gesund. Es hat eine Menge Antioxidantien und Ballaststoffe, das regt die Verdauung an und reduziert die freien Radikale!"

„Hahaha!"

„Ich habe nicht gelacht. Freie Radikale haben wir in Österreich eh genug, die reduzierst du nur durch Polizeieinsatz, nicht durch grüne Säftchen! Habe ich halt geantwortet. Und dass ich gleich ziemlich unrund werden würde, wenn ich kein Bier bekäme. War aber nichts zu machen. Bin dann also schnurstracks zum Billa, der war ganz in der Nähe, und habe mir ein Sechsertragerl geholt. Der Saft stand noch da, meine Frau auch, als ich zurückkam. Hab' den Saft in den Blumentopf geschüttet und das Bier eingefüllt."

„Hahaha, was ist dann passiert?"

„Ich hab' das Bier getrunken und die Blumen sind eingegangen. Von wegen gesund!"

Er ist auf seine Art ja lustig, aber ...

„Du Franz, ich muss noch dringend was besorgen!"

„Apropos besorgen:", lässt er sich nicht stören, „Stell dir vor ..."

Nein, will ich ganz sicher nicht!

„Erzähl' mir das ein anderes Mal, ja? Mir sperrt sonst das Geschäft zu."

„Um 16:30?"

„Äh, ja, die haben eigenartige Öffnungszeiten."

Er sieht mich einige Sekunden lang an. *„Du warst schon immer ein miserabler Lügner, aber deswegen mag ich dich ja. Man weiß bei dir immer, woran man ist. Den Rest erzähle ich dir ein anderes Mal."*

Und so trennen sich unsere Wege.

Für fünf Minuten. Dann treffen wir uns im Gastgarten vom Gösser zufällig wieder, und diesmal habe ich sechs Bier lang keine Ausrede.

Ich werde nie wieder etwas Negatives sagen über zwangsromantische Hardcore-Veganerinnen mit esoterischen Anwandlungen, dauernd im Krankenstand befindliche Gesundheitsfanatikerinnen, Alleswisserinnen und Lehrerinnen für Biologie und nebenberufliche Ernährungsberaterinnen. Die haben's auch nicht immer leicht!

Nachruf auf Lukas

Meine Schulzeit ist schon ein paar Jahre her, was die Erinnerungen filtert, euphemisiert und, ja, verklärt. Ich erinnere mich nicht mehr an die Lehrer, die ich nicht mochte (wie diesen Oberstleutnant der Reserve, der die Klasse immer mit einem militärisch lauten "*Alles auf!*" betrat - verdammt, jetzt erinnere ich mich doch an ihn), sondern eher an die schönen Momente. Ich erinnere mich nicht mehr an die Flaschen in der Klasse (wie diesen Typen, der meine Schultasche an meinen LASK-Schal knüpfte und aus dem zweiten Stock damit Bungee spielte, bevor man noch wusste, was das überhaupt ist. Es war danach übrigens der längste, je existierende Fanschal.)

Nein, ich erinnere mich eher an die lustigen und guten Personen und Vorkommnisse. Wie an Lukas, den wir auf seinen eigenen Wunsch irgendwann alle nur noch Luke oder auch Skywalker nannten. Lukas war Star Wars Fan. Er konnte die Filme (damals waren es nur drei) auswendig rezitieren. Und zwar jede einzelne Rolle. Inklusive R2D2 und Chewbacca.

Legendär seine Zwiegespräche mit der Mathelehrerin. "*Lukas, hast du die Hausübung gemacht?*" - "*Die Hausübung, nicht gemacht ich habe.*" - "*Warum nicht?*" - "*Ich hatte da ein ganz mieses Gefühl.*" (An dieser Stelle lachten wir als Insider schon). - "*Lukas, wenn du so weitermachst, wirst du durchfallen.*" Als Luke jetzt seinen täuschend echten Chewbacca-Grunzer losließ, war die Mathestunde mal wieder gestorben.

Das ist Luke jetzt leider auch. Vor ein paar Tagen hatte er mit seinem Milleniumsfalken, wie er seine alte Karre nannte, Bremsversagen. Eichenbaum statt Hyperraum, aus! Vermutlich hatte ihm Chewie (so nannte er seinen Hund) den Hydroschraubenschlüssel nicht rechtzeitig rübergereicht. Was weiß man schon ...

Luke wird daran sicher nur stören, dass er den nächsten Star Wars Film nicht mehr sehen wird. Jedenfalls nicht hier auf der Erde. Andererseits war er vom achten Teil sowieso einigermaßen enttäuscht. *"Es würde gegen meine Programmierung verstoßen, das zu kritisieren, aber ich hab' fast einen Schaltkreiskollaps bekommen, als ich den Film gesehen habe. Wenn das Filmuniversum ein helles Zentrum hat, bist du beim achten Teil im Kino am weitesten davon entfernt."*

"So mies?", fragte ich. Ich hatte die Folge zu diesem Zeitpunkt noch nicht gesehen.

"Nun ja, ich hätte dem Regisseur am liebsten zugerufen: 'Ihr habt versagt, Hoheit!' Aber wer ist der größere Tor? Der Tor, der einen Film dreht, oder der Tor, der dem Ruf ins Kino folgt?"

"Und wie geht's dir sonst so?", fragte ich ihn damals, das ist jetzt vielleicht einen Monat her, wir hatten uns sicher ein halbes Jahr lang nicht gesehen.

"Na ja!", seufzte er. *"Hatte ein wenig Probleme mit den imperialen Sturmtruppen."*

"Mit der Polizei?"

"Ja. Verkehrskontrolle. Ich wollte gerade auf Lichtgeschwindigkeit gehen mit dem Falken, da tauchte der imperiale Jäger vor mir auf. Wollten mir gleich die Nummerntafel abschrauben, war aber keine dran. Schaut am Falken einfach nicht gut aus."

"Wieso wollten sie dir die Kennzeichen abmontieren?"

157

"Sie meinten, diese Schrottkiste (!) sei nicht mehr fahrtauglich. Nutzte auch nichts, dass ich ihnen sagte, dass ich damit den Korsalflug in weniger als zwölf Parsec mache. Hat nur dazu geführt, dass ich in ein Röhrchen pusten musste."

"Hattest du getrunken?"

"Nein, das mögen meine Midichlorianer nicht. Aber ich hab' gewunken und gemeint: 'Ihr müsst meine Papiere nicht sehen. Ich kann passieren.' Und da musste ich aussteigen. Als die Tür zischte, hab' da mal einen Soundgenerator und eine Nebelmaschine eingebaut, sprangen sie erschrocken zurück und riefen die Feuerwehr, diese ängstlichen Ewoks."

"Und weiter?"

"Na ja, ich hätt' halt zu der einen Polizistin nicht sagen sollen, was ich gesagt habe."

"Was haste denn gesagt?"

"Werse Duse denn? So klein und schon bei den Sturmtruppen?"

"Ha ha, herrlich! Was sagte sie?"

"Nichts. Schaute nur blöd wie Jar Jar Binks und da sagte ich dann noch: 'Ohne weitere weibliche Ratschläge müssten wir es eigentlich schaffen, lebend nach Hause zu kommen!' Das war dann vermutlich zu viel."

"Tja. Sie wird's überleben."

"Schon, schon. Sie hatte sich dann ja auch schon fast wieder beruhigt, aber da rutsche mir noch raus: 'Ich weiß, Sie mögen mich, weil ich ein Schurke bin. Es gab leider nicht genug Schurken in Ihrem Leben!' Und da klickten dann die Handschellen."

"Was sagte der andere Polizist eigentlich zu alldem?"

"Der fand es anfangs lustig. Ich glaube, er mochte seine Padawan-Schülerin selbst nicht. War auch wirklich eine Zicke. Aber als er nochmal meine Papiere sehen wollte und ich wieder die Handbewegung machte, du weißt schon, meinte er nur: ,Haltet ihr Euch für so eine Art Jedi, dass Ihr mit Eurer Hand so herumwedelt? Ich bin Toydarianer! Geistige Tricks funktionieren bei mir nicht. Nur Papiere!' Da glaubte ich, er wäre ein Gleichgesinnter."

"War er aber nicht?"

"Weiß nicht. Vermutlich nicht. Das 'Die Fähigkeit zu sprechen macht dich noch nicht intelligent. Die Macht ist stark bei den geistig Schwachen.' hat er jedenfalls nicht vertragen."

"Sie nahmen dich also mit?", wollte ich bestätigt haben, was mir schon klar war.

"Ja. Es gibt immer einen noch größeren Fisch. Und immer zu zweit sie sind. Keiner mehr, keiner weniger. Ein Meister und ein Schüler."

Dann hat er mir noch erzählt, dass er am nächsten Tag seinen Falken wieder abholen durfte. Mit dem Abschleppwagen. Was für eine Demütigung! Zuhause hat er ihn dann aber wieder in Betrieb genommen, und das war wohl ein Fehler. Das Ergebnis ist bekannt.

Heute ist die Beerdigung. Der Sarg sieht aus wie eine Rettungskapsel eines Rebellenschiffs, am Rand des Grabs steht eine Vase mit Nachbildungen von Jedi-Lichtschwertern, die von den Trauergästen statt Rosen in die Grube geworfen werden (damit es jeder kapiert, steht da ein Schild mit der Aufschrift *'Hier! Nimmse den da!'*), während Darth Vaders Fanfare ertönt. Es ist sehr feierlich. Am Ende spielt die Musik das Thema von Luke, und fast alle weinen wie Luke, als Han Solo im siebten Teil starb.

Und statt des Holzkreuzes steht da die Nachbildung des Lichtschwerts von Kylo Ren mit der Aufschrift: *"Du darfst niemals vergessen: Deine Wahrnehmung bestimmt deine Realität."*

Autodafé

Frauen! Geht barfuß! Geht nackt! Zumindest, wenn ihr nicht wollt, dass euren Männern das Paradies versagt bleibt.

Während des Mittelalters, und bis in die frühe Neuzeit, gab es das Instrument der Inquisition. Was eigentlich nichts anderes als "Untersuchung" heißt. Speziell die Bettelorden der Dominikaner und Franziskaner wurden seitens des Heiligen Stuhls damit befasst.

In Spanien war die Inquisition besonders brutal. Nach dem "Hexenhammer" (einem Buch, indem genau definiert wird, wie das mit Hexen, Dämonen, Teufeln und Besessenheit funktioniert) wurden dort nicht nur Hexen und Zauberer verfolgt, sondern auch Juden, Moslems und überhaupt alle, die irgendwie irgendwo irgendwem nicht passten.

Sie wurden gefoltert, bis sie gestanden, und dann in einem Autodafé (portugiesisch auto-da-fé, „Glaubensgericht", von lateinisch actus fidei, „Glaubensakt") verurteilt und dem die Seele reinigenden Feuer übergeben. Der Katholizismus verbietet ja die Verbrennung von Leichen, der Feuertod hatte also zur Folge, dass diesen Menschen das Paradies verschlossen bleiben musste.

Eine besonders perfide Variante war, die Delinquentinnen am Dorfplatz einzumauern und darum dann ein Feuer zu entzünden, was zur Folge hatte, dass sie langsam bei lebendigem Leib gebacken wurden. Die katholische Kirche hat das auch bei Juden angewendet, gerade in Spanien waren die Judenverfolgungen beispiellos brutal und machten auch nicht vor "Konvertiten" halt, also zum Christentum übergetretenen, ehemaligen Juden, denen man dann halt einfach vorwarf, nachwievor im Geheimen jüdische Feste zu feiern oder jüdische Gebete zu sprechen. Der Antisemitismus ist leider viel älter, als gemeinhin geglaubt wird.

Glücklicherweise hat sich die Kirche im Lauf der Jahrhunderte geändert. Heutzutage pilgern wir nicht nach Santiago de Compostela sondern zum Humanic und H&M. Jedenfalls die ehemaligen Hexen. Deren arme Diener (häufig liebevoll verniedlichend als "Lebensgefährten bezeichnet) werden nachwievor gnadenlosen Autodafés (die Namensähnlichkeit mit "Auto" ist sicher nicht zufällig) unterzogen, indem sie im Fahrzeug zurückgelassen werden, während frau ihre Schuhe kauft (was dauern kann)!

Ich rufe dazu auf, diese unmenschliche Form der Bestrafung endlich zu überwinden! Liebe Frauen, geht barfuß und nackt, rettet Leben und Seelen!

Barfüßig zu gehen ist auch ein christliches Zeichen der Buße und hilft, im Auto kross gebackene Männer zu vermeiden, die dann dafür ihrerseits als Heimarbeitskraft zur Verfügung stehen. Bedenkt, dass selbst überlebende Schuhkaufautobackopfer in ihrer Arbeitsleistung temporär eingeschränkt sind. Ihr wollt doch nicht selbst euren Rasen mähen oder die Hecke schneiden? Wenn die armen Männer entkräftet sind, schaffen sie auch nur einen Teil der Arbeit.

Geht barfuß! Geht nackt!

Das Wort des Jahres: "Quereinsteiger"

Jedenfalls ist es das für mich. Das Wort ist positiv besetzt, es zeugt von unbelasteter Dynamik, frischem Wind und Tatendrang. Und es ist modern, Verzeihung: Up to date!

Nachdem ja Quereinsteiger Kern vor Kanzler Kurz kurz Kanzler war, wird jetzt eine Quereinsteigerin SPÖ-Chefin. Man muss den Sozialdemokraten dafür Respekt zollen: Es ist nicht selbstverständlich, dass eine Partei so offen eingesteht, dass sie unter ihren immer noch zahlreichen langjährigen Parteimitgliedern keine geeignete Führungspersonen findet. Nein, das ist keine Bankrotterklärung für das politische Geschäft, das zeugt von Tatendrang und Energie, beweist die Modernität dieser Partei, die sich nicht mehr länger von Pfründen und alteingesessenen Hadern gängeln lassen will (Wir nehmen da Wien und die verschobene Parteireform jetzt mal aus, ja?)

Ich wäre ja sowieso für viel mehr Querein-, -um- und vor allem -aussteiger. Grasser, Lugar, Dönmez und Konsorten haben bewiesen, wie sehr das verstaubte Parteistrukturen (und im Falle von KHG die Gerichtsberichterstattung) beleben kann. Aber warum das nur auf die Politik beschränken? Mal ehrlich: Wenn es gut für ein Land sein kann, dass junge, dynamische, unerfahrene Leute ohne Ausbildung es führen (auch eine Art Quereinstieg), dann muss das doch auch in anderen Bereichen funktionieren, oder?

Nachdem Rendi-Wagner jetzt der Medizin abhandengekommen ist und am Land sowieso Ärztemangel herrscht, sollte man auch hier über neue Rekrutierungssystematiken nachdenken. Was spricht denn dagegen, die aufgrund der Veganismuswelle bald überflüssigen

Metzger als Quereinsteiger in den Ärzteberuf zu übernehmen? Falls Ängste bezüglich der Qualifikation bestehen sollten: Das kann man mit einem einjährigen AMS-Kurs richten. Das Programm ist ja auch an anderer Stelle sehr erfolgreich. Die T-Shirts sind schon im Druck: "Krankenbett statt Rindermett!"

Auch die total überbezahlten Piloten könnte man mit Quereinsteigern etwas von ihrem hohen Ross herunterholen. Niki, der allerdings noch nicht von einem quereinsteigenden Metzger operiert worden ist, denkt bereits über eine entsprechende Joboffensive bei den wenig erfolgreichen österreichischen Skispringern nach. Frei nach dem Motto: Abstürzen könnt ihr bei mir besserbezahlt!

Und dann die Ausbildungsthematik! Die armen, überbelasteten Lehrer schlittern derzeit in einer Anzahl ins Burnout (manche auch ins Boreout), dagegen ist die Flüchtlingswelle von 2015 ein Wandertag einer einklassigen Landvolksschule. Wer soll die entstehenden Lücken füllen? Warum da nicht einmal ganz unkonventionell denken: Lücken füllen am besten? Na? Ja, Zahnärzte auch, aber wollt ihr wirklich alte Männer auf die Kinder loslassen, die dir dauernd nur den Nerv ziehen möchten? Nein, wir nehmen die in der Joboffensive Kickls trotz niedrigerer Prüfungsstandards abgelehnten Polizeianwärter. Endlich wieder Respektspersonen in den Klassen. Und für die schwierigen Islamistenklassen werden berittene Einheiten eingesetzt. Mit blauen Satteldecken auf braunen Pferden. So geht das!

Man kann den Gedanken aber auch weiterspinnen. Warum immer nur quer einsteigen? Warum nicht überhaupt eine Job Rotation, die in der Industrie zum Erfolgsmodell geworden ist, einführen? Mahrer wird ÖGB-Chef (ein Job mehr ist auch schon egal) und Katzian übernimmt die Wirtschaftskammer (das mit dem angemessen Kleiden und dem Reden in der Hochsprache lässt sich in einer AMS-Schulung

... na ja, man soll die Hoffnung nicht aufgeben, hat beim Gorbach ja sogar mit Englisch geklappt damals!)

Dass Marcel Hirscher nach seiner Karriere Rennsportchef von Ferrari wird, pfeifen ja eh schon die Kardinalvögel von den Pinien in Maranello. Die Karriere von Vettel als Crashtest Dummy ist aber ein unbestätigtes Gerücht. So oft, wie der in die Mauern kracht, wäre ein Vorstandsjob bei einem Abrissunternehmen vielleicht eine bessere Alternative.

Bleibt noch ein schwieriger Fall, für den bislang kein Umstiegsjob in Sicht ist: Ex-Kurz-Kanzler Kern. Seine Karriere ist noch nicht wieder auf Schiene. Dem Vernehmen nach stellt man ihm aber einen wichtigen Posten in der EU-Kommission in Aussicht, den er sich im Time-Sharing-Verfahren mit dem Deutschen Maaßen teilen soll. Bei beiderseits doppeltem Gehalt, was nur logisch ist: halber Job mal doppeltes Gehalt ergibt 1. In dem Fall ist das anders als bei Mahrer.

Mytho-Logisches

Die griechische Mythologie ist eine komplexe Angelegenheit. Und man würde nicht glauben, wie oft sie uns im Alltag auch heute noch begegnet. Ich habe zwei Beispiele herausgesucht, um das zu verdeutlichen.

Als erstes geht es um Narkissos. Sein Name ist heute noch mit Wörtern wie „Narziss" oder „narzisstisch" verknüpft. Aber woher kommt das eigentlich?

Alsdann, de G'schicht war a so:

Im alten Griechenland war ja alles und jedes von Nymphen, Göttern, Erinnyien und was weiß ich noch allem beseelt. Es war keine rationale, logische, zeitlich geordnete Welt, nein, da konnte fast alles passieren, und das zeitgleich, verschoben in Ursache und Wirkung. Und überhaupt!

So kam es also, dass der Flussgott Kephissos, als er wieder einmal geil war wie Nachbars Lumpi, mit seinen Mäandern die Nymphe Leiriope umschlang und sie schwups befruchtete. Daraus entstand ein wunderschönes Kind, ein Sohn namens Narkissos. Leiriope hatte aber irgendwie kein gutes Gefühl, und so fragte sie den berühmtesten Seher Griechenlands, was denn dem Kinde für ein Leben bestimmt sei.

Teiresias, so hieß der Seher, hatte einen Scheißtag gehabt und war mies gelaunt. Also schwafelte er irgendwas daher von einem langen Leben, außer der Junge würde sich seiner Schönheit bewusst. *"Soll sie mal sehen, wie sie DAMIT klarkommt!"*, dachte sich Teiresias und verlangte noch seinen Obolus für die Prophezeiung, bevor er damit ins nächste Gasthaus ging und sich den Frust von der Seele soff.

Leiriope aber vernichtete alle Spiegel im Haus und verbot jedem, dem Kind zu sagen, wie hübsch es sei. Im Gegenteil, sie erzog den Kleinen sogar extra harsch, und so wuchs er glücklich und zufrieden auf und konnte sich nicht erklären, warum ihn immer alle so ehrfürchtig anstarrten. Er war nämlich wirklich hübsch - ohne den allerkleinsten Makel quasi. Kein schiefer Mundwinkel, kein wegstehendes Haar - der Knabe sah aus wie ein Bachelor des alten Griechenlands.

Eines Tages begegnete er Echo (von der erzähle ich auch noch, nur Geduld). Die konnte ja immer nur die letzte Silbe ihres Gegenübers wiederholen, und so konnte sie bei Narziss nicht landen. Im Gegenteil, der zeigte ihr die kalte Schulter. Was mit Echo passierte, hebe ich mir noch auf, aber auch Narkissos bekam sein Fett weg. Ob es Artemis, die Göttin der Jagd war oder Nemesis, die Göttin der Rache, ist nicht ganz klar (irgendeine -sis war es halt), aber jedenfalls passierte folgendes, und eine der Göttinnen hatte dabei ihre Hand im Spiel:

Narkissos ging auf die Jagd und hetzte einem Tier hinterher. Irgendwann bekam er Durst und kam zu einem klaren See. Er beugte sich hinunter, um zu trinken, und sah sein Spiegelbild. Ach, wie schön war das! Er bewunderte sich und beugte sich tiefer, um es noch mehr bewundern zu können, und immer tiefer und tiefer - bis er ins Wasser fiel und ersoff. Blöder Tod für den Sohn einer Wassernymphe und eines Flussgottes, nicht wahr?

Aber so hatte sich zumindest die Prophezeiung doch noch erfüllt. Dort wo Narkissos vor dem Wasser gekniet hatte, ließen die Götter

167

eine Blume wachsen, die Narzisse. Und noch heute nennen wir einen selbstverliebten Menschen "Narziss".

Jetzt zu Echo, die an dem ganzen Dilemma nicht ganz unschuldig war.

Zeus war ein leidenschaftlicher Gott. Der vögelte alles, was ihm unterkam. Kein Wunder, er war ja auch ein Gott und wie die Vögel dem Himmel nah, und außerdem verwandelte er sich dazu auch schon mal gerne in einen Schwan oder einen Adler, weshalb das heute noch "vögeln" heißt. Das ist aber nicht verbürgt, liegt nur nahe.

Seine Schwester und Frau Hera sah das naturgemäß nicht so gern. Als Schwester wäre es ihr noch egal gewesen, aber als Frau ... sie reagierte da meist recht drastisch, aber manchmal hatte sie auch schwarzen Humor.

"Was willst du?", sagte Zeus. *"Meinen Fehltritt mit Alkmene habe ich dir zu Ehren Herakles genannt, damit er uns vor den Giganten rette."* Denn "Herakles" bedeutet ja "zu Ehren Heras". Die Götterchefin hat dem armen Herakles aber trotzdem immer wieder den Wahnsinn ins Hirn gepflanzt, sodass er einmal seine Frau und seine drei Kinder ermordete, was ihn ein Leben lang gequält und zu seinen Abenteuern genötigt hat. Aber wie gesagt - manchmal reagierte Hera auch subtiler. Wie zum Beispiel bei Echo damals:

Damit Hera ihn nicht dauernd erwische, bat Zeus nämlich die Nymphe Echo, in seiner Nähe zu bleiben und einfach irgendwas loszuquatschen, wenn sich Hera nähern sollte, während er mit einer Geliebten zugange war. *"Egal was, quassle einfach!"* sagte er zu Echo, *"dann bin ich gewarnt, kann ihn rausziehen und Meter machen."* Was Echo auch befolgte.

Hera war aber nicht dumm, die durchschaute das und stellte Echo zur Rede.

"Du redest solchen Mist, du willst damit nur Zeus warnen, wenn ich komme, während er kommt, nicht wahr?"

Echo gab es zu. Und Mist rede sie, weil sie Angst hätte, dass ihr der Redestoff ausgehen könnte. Aber wie könne man dem Herrn der Götter einen Wunsch abschlagen?

"Nun", sagte Hera, *"das wollen wir doch nicht, dass dir der Redestoff ausgehe. Ab jetzt seist du verflucht dazu, immer die letzte Silbe nachzusprechen, wenn jemand mit dir redet. Somit wird dir das nie mehr passieren."*

(Einwurf: Wir merken uns, dass Echo kein Mann sondern eine Frau war und Hera auch! Zickenkrieg eben.)

Echo verliebte sich alsbald in einen Menschen, den Narkissos nämlich. Als sie ihm begegnete, plapperte sie aber immer nur die letzte Silbe nach, also wurde nichts draus. Ich stelle mir das so vor:

"Oh, du wunderschöne Frau! Guten Tag!"

"Tag!"

"Du bist so wunderschön! Was sagst du zu meinem Ansinnen, dass ich den Rest meines Lebens mit dir verbringe?"

Echo war verzaubert, der Antrag dieses schönen Jünglings hatte sie tief berührt. Sie wollte ihm sagen, dass sie mit Freuden seine Frau werden wolle, aber heraus kam nur:

169

"Ge!"

Spätestens da war Narkissos mal ein wenig verstört. Es kam aber noch schlimmer.

"Habe ich eine Chance bei dir? Oder ziehst du einen vor wie Zeus?"

"Zeus."

Und so bekam sie ihn nicht und brachte sich aus Gram um. Ihre Asche verstreute die Erdmutter Gaia in den Bergen. Daher reden die auch manchmal zurück, wenn man was schreit. Das nennt man noch heute ein Echo, und es ist weiblich, hat also immer das letzte Wort.

Nachsatz:

Natürlich ist der Einwand richtig, dass sie ihm ihre Antworten auch hätte aufschreiben können. Aber damals konnten Nymphen, Götter und Menschen meist nicht schreiben. Woran man wieder einmal sieht, wie wichtig eine gute Bildung ist. Andernfalls ist man dazu verdammt, alles nachzuplappern, was einem irgendwelche Schönlinge erzählen.

Einen habe ich übrigens noch aus der Mythologie. Es geht um Chiron. Es gab nämlich auch positive Gestalten in der griechischen Sagen- und Götterwelt, und eine davon ist eben Chiron, der Kentaur.

Ganz früh, die Erde war noch in Aufruhr, Zeus noch nicht der Obermacker, der Olymp noch ein unbewohnter Fels in Nordgriechenland, da hatte Kronos, der Vater des Zeus, ein Pantscherl mit einer Wassernymphe namens Philyra. Irgendwie müssen diese Wassernymphen schon was gehabt haben, so oft wie die Götter mit ihnen fremdgingen. Jedenfalls war Kronos Frau Rhea ähnlich eifersüchtig wie später Zeus' Frau Hera, also dachte sich Kronos: *"Alter, ich ver-*

170

wandle mich einfach in ein Pferd, das ist unauffälliger. Und außerdem haben Pferde ein mächtiges Gemächt, nicht wahr?"

Philyra wurde - natürlich - schwanger. Irgendwie werden die immer alle gleich schwanger, wenn ein Gott ihnen beigewohnt (ich liebe dieses Wort!) hatte. Und sie gebar einen Sohn, der aber als Laune der Natur halb Pferd, halb Mensch war, eben ein Kentaur. Seine Mutter fand ihn potthässlich, den Armen. Diese Kentauren - Kronos schien den Trick öfter angewendet zu haben – waren ja wirklich keine Schönlinge und meist etwas zwielichtige und ungesellige Typen, aber Chiron war da ganz anders. Er verschrieb sich der Heilkunst und der Erziehung junger Helden und Ärzte.

Er bildete zum Beispiel den berühmten Arzt Asklepios (die Römer nannten ihn Äskulap) aus und auch große Helden wie Jason, den verrückten Achill, Odysseus und Theseus. Also das Who is Who der griechischen Teeniestars, wenn man so will. Und er war ein super Mediziner und begründete was? Richtig: die Chirurgie. Noch heute heißen die Aufschneider nach ihm.

Aber einen Fehler machte er: Er ließ sich mit Herakles ein, dem etwas naiven, manchmal wahnsinnigen, oft besoffenen und immer gefährlichen Halbgott und Sohn des Zeus. Und während er Herakles bei einer seiner zwölf (unlösbaren, aber Herakles löste sie natürlich) Aufgaben half, wurden sie Freunde. Herakles soff die Kentauren derart unter den Tisch, dass sie schließlich sauer wurden, weil ihnen um ihren guten Wein leid war. Also verfolgten sie Herakles, dem Chiron beistand. Herakles kam davon, aber Chiron verletzte sich ohne Herakles Absicht (*"EINMAL wenigstens bin ich unschuldig!"*, dachte sich der Held) an einem der vergifteten Pfeile des Zeussohns. Der hatte nämlich seine Pfitzipfeile in das Blut der von ihm getöteten, schlangenköpfigen Hydra getaucht. Wer damit in Berührung kommt, stirbt unter unsäglichen Qualen.

Nun war Chiron aber unsterblich, was bedeutete, dass er diese Qualen auf ewig aushalten sollte. Das gefiel ihm irgendwie nicht so sehr, daher lief er zu Prometheus (das ist der, der uns Menschen aus Lehm geformt hat, also quasi unser Schöpfer) und tauschte dessen Sterblichkeit gegen seine Unsterblichkeit, um endlich von den Qualen erlöst zu werden.

Dem Promi war auch geholfen, denn der war ja von Zeus verflucht worden, dass er erst wieder frei sein sollte, wenn ein Unsterblicher sein Leben für ihn gelassen habe. Mittlerweile hatte Zeus den Kronos entmachtet und war der neue Capo der Götterfamilie geworden. Der war aber dem Chiron nicht böse, weil eigentlich jeder diesen weisen Arzt mochte, und so warf er ihn nach dessen Tod zu seinem ewigen Ruhm als Sternbild an den Nachthimmel. Wir können das Sternbild Zentaur im Süden noch heute sehen, bei uns nur im Frühjahr und da nur zum Teil. Aber die Griechen lebten ja im Mittelmeerraum.

Und die Ärzte berufen sich heute meist auf Äskulap, also seinen Schüler. Nur die Chirurgen wissen, wem sie es verdanken, dass sie herumschnipseln dürfen. Und wem sie es zu verdanken haben, dass ihre Patienten nicht ewig leben.

Pragmatismus

"Papa, was ist PRAGMATISMUS? Ich muss das in einem Aufsatz erklären."

Ich lese gerade! Und das Buch ist eh schon zäh wie ein dreimal gegerbtes Büffelfell. Emily Bronte's „Wuthering Heights", dagegen ist das Wiener Telefonbuch zwischen „Prochaska" und „Prohaska" ein Thriller. Und dann kommst du und nervst.

Laut sage ich:

"Der Ausdruck Pragmatismus (von griech. Pragma, also „Handlung", „Sache") bezeichnet umgangssprachlich ein Verhalten, das sich nach bekannten praktischen Gegebenheiten richtet, wodurch das praktische Handeln über die theoretische Vernunft gestellt wird."

"Paaaapaaaaa! Kannst mir das jetzt bitte verständlich erklären?"

Na, einen Versuch war es wert. Aber das ist eben MEIN Sohn, der da fragt. Der gibt außer Briefen eben nichts so schnell auf. Und die Briefe hängt er auch mir an, weil ich eh am Weg zur Arbeit bei der Post vorbeikomme.

"Klar. Also stell dir vor, du gehst in die Schule und hast schwarze Socken an und kommst in der Schule drauf, dass die vorne an der Zehe ein Loch haben."

Sein Blick entschädigt mich ein wenig.

"Das ist peinlich, weil wir ja dort Schlapfen tragen müssen statt der Straßenschuhe."

"Genau. Was machst du?"

Er denkt nur kurz nach.

"Sagen, dass ich Kopfweh habe und heimfahren!"

Spätestens jetzt weiß ich ganz sicher, dass er von mir ist.

"Nein, das wäre Feigheit. Zweiter Versuch!"

Er denkt etwas länger nach.

„Die Socken ausziehen und barfuß in die Schlapfen."

„Das wäre bei der herrschenden Hygiene in eurer Schule vermutlich eher Selbstmord."

„Und was ist dann Pragmatismus, Papa?"

„Pragmatismus ist, wenn du dir einen Permanentmarker in Schwarz nimmst und die Zehe anmalst."

Kotzbühel

Alle Jahre wieder in der zweiten Jännerhälfte: Ich schau ja so gerne Kitzbühel! Also die Seitenblicke, meine ich. Das Rennen nehme ich halt mit, wenn es sich ausgeht.

Schade, dass es schon wieder vorbei ist! Aber ich fand es einfach toll, was sich da wieder abgespielt hat.

Zuerst schwebt Arnold ein wie die Taube zu Pfingsten. Ein "*Ahhhh*" geht durch die Menge, dann ein "Ohhhh!", als seine Enkelin aus dem Hubschrauber steigt. Was? Ja, hab's dann auch mitbekommen, dass das seine Freundin Heather war. Na ja, ein paar Vorteile hat er sich schon auch verdient, oder?

Dann sieht man den völkischen Rocker Andreas Ga..ga.. - wurscht, kann mir den Namen nie merken. Arnie kennt ihn ja auch nicht, sonst hätt' er ihm kein Autogramm auf die ausgestreckte Hand gegeben, nicht wahr?

Oh, jö, schau - der Bernie Eckstein! Der, dem die Formel eins einmal gehört hat. Wahnsinn, der bezwingt die Streif auch mit gefühlt 111 Jahren noch, da dreht sich Joopi Heesters glatt im Grab um!

Und da links, das ist sicher auch ein Prominenter. Die erkennt man ja immer gleich. Wenn die Frau aussieht wie frisch aus der Schule und der Mann sich aus Altersschwäche auf sie stützen muss, dann ist es ein Prominenter. Je größer der Altersunterschied, desto wichtiger ist er! Oder desto reicher! Oder beides, dann schauen sie aus wie frisch aus dem Kindergarten.

Gilt natürlich umgekehrt genauso, aber die alten Frauen mit jungen Männern sind schon seltener. Noch! Wartet ab, wenn die Helene Fischer mal 70 ist! Ihr werdet schon sehen!

Wer ist denn das da drüben? Der scheint auch prominent zu sein, aber seine Frau ist in seinem Alter. Vermutlich nur so ein Adabei mit langen blonden Haaren und Fellstiefeln. Kann sich nicht einmal die Miete für einen jungen Hasen leisten. Was? Der hat da mal gewonnen? Halt, warte - jetzt singt er auch noch! Und schon schmilzt der Schnee unter den älteren Damen im Publikum.

Wieso schreien die jetzt alle und schwenken deutsche Fahnen? Na! Net wahr! Da hat doch glatt ein Piefke die Unverfrorenheit besessen und ist Bestzeit gefahren. Typisch Deutsch. Überall runterfahren und zu blöd zum Bremsen!

He, was machst du da? Wieso löscht du die 7,90- EUR neben dem Seiterl weg und schreibst 11,90- hin? Bist deppert? Ja, ja - Angebot und Nachfrage. Ich verstehe. Aha, die Deutschen haben jetzt was zu feiern, das muss man ausnutzen. Na, wenigstens ehrlich bist, lieber Hüttenwirt. Und verstehen tust mich auch, im Gegensatz zu deinen Kellnern. Die reden nur slowakisch oder sächseln, dass man sich vor Lachen fäst in die Höse pünkelt.

Also, ehrlich - ich liebe Kitzbühel. Ist schon was ganz Besonderes. Gibt's nur bei uns. Da können die Schweizer mit ihrem Herbstlaubhörndl nicht mit! Nächstes Jahr komme ich wieder, aber nur, wenn der Gaga nicht singt.

Eine Leiche im Zimmer

(oder "Hundstage")

Weihnachten! Endlich!

Wir freuen uns jedes Jahr darauf. Obwohl wir, wenn wir genau darüber nachdenken, weder Grund dazu haben noch eine Ahnung, warum wir das tun. Die Fini-Tant kommt da nämlich immer zu Besuch, und die ist anstrengend! Zumindest, wenn sie länger bleibt als zehn Minuten. Und sie bleibt immer eine Woche!

Aber heuer wird das alles anders. Muss es auch, nach dem Theater im letzten Jahr, als mein Mann dem Sohnemann eine Drohne schenken musste. Eine Drohne! Als wenn wir noch nicht genug Elektronikspielzeug herumliegen hätten! Aber nein, ein Fluggerät musste her. Vier Propeller, mit montierter Kamera. Na ja, zumindest haben wir das ganze Desaster auf Video, nicht wahr?

Die Fini-Tant bekam ja eine Strickweste, wie jedes Jahr, dunkelblau. Sie freute sich, wie jedes Jahr und schenkte uns den üblichen Tausender. Wie jedes Jahr. Hat auch noch nichts von Inflationsbereinigung gehört, die Gute! Nun gut, mit der Euro-Einführung war der Tausender ein paar Jahre lang ein gewisser Fortschritt, aber die Inflation und die kalte Progression frisst das schnell wieder weg.

Ich kann aber schlecht was sagen, weil sie an der Strickweste auch nicht lange Freude hatte. Seufz! Mein Mann und mein Sohn bauten nämlich die Drohne zusammen, noch bevor mein bester Ehemann von allen auch nur einen Blick in mein Packerl gemacht hat. Dabei habe ich ihm wieder eine wunderschöne Seidenkrawatte geschenkt. Die Hannelore, meine Freundin von den Tupperparties malt so schöne Seidenkrawatten, und da bekommt er halt jedes Jahr eine. Er freut sich auch immer sehr, glaube ich. Jedenfalls mehr als ich mich über die diversen Mixer, Kaffeemaschinen und Wasserkocher, die ich von ihm bekomme. Na, zumindest keine Körperfettwaagen mehr, das hat er sich nur einmal getraut! Dabei hätte ich so gerne dieses tolle, schwarze Abendkleid in der Auslage gehabt. Hatte es meinem Mann sogar gezeigt. Hat er komplett ignoriert, das müsste mir mein Freund schenken, nur habe ich keinen, ein Mann reicht völlig. Eine Schande ist das!

Sie hatten also nach einer halben Stunde die Drohne zusammengebaut und auf einmal surrte das Ding los und hob ab.

"Könnt ihr das Monstrum nicht im Garten fliegen lassen?", warf ich ein.

"Geht nicht. da steht drauf, dass man sie nur zwischen -5 und +40 Grad benutzen darf, und draußen hat es -7!" war mein Göttergatte um eine Antwort nicht verlegen und steuert das Ding gekonnt im Zimmer herum. Haarscharf an der Hochsteckfrisur der Fini-Tant vorbei. Machte er mit Absicht, da war ich sicher. Aber die kommt nächstes Jahr trotzdem wieder, dachte ich.

Und dann durfte Sohnemann ran. Ich mach's kurz: Drohne hat die Steckfrisur erwischt, dann den Christbaum mit den originalen Bienenwachskerzen vom Weihnachtsmarkt gestreift, ich habe den Wohnungsbrand mit dem Sekt gelöscht, der eigentlich zum Anstoßen bereitgestanden hatte.

Familienkrise. Fini-Tant sauer. Mann sauer. Sohn sauer (Drohne kaputt), ICH SAUER, worauf es im Endeffekt als einziges ankommt!

"*Das nächste Jahr könnt ihr euch Weihnachten aufmalen!*", schrie ich. "*Und Christbaum gibt's auch keinen!*"

Und dann kam der April. Und Bello. Bello ist unser neues Familienmitglied. Irish Setter Welpe. Wir bekamen ihn mit acht Wochen. Familienhund, sagten sie, als sie ihn heimbrachten. Okay, ich bin ja tierlieb. Und was kann so ein Hundchen schon anrichten?

Irish Setter sind "sehr aktive Hunde". Das weiß ich jetzt. Jeden Tag hat Bello zweimal seine "Phase". Da schießt er wie ein hyperaktiver Sprinter auf einer Überdosis Speed in der Wohnung herum. Und wir haben einen glatten Parkettboden. Zumindest war's mal einer. Man muss das gesehen haben, wie es einem Setter die Haxen ausreißt, wenn er mit Fullspeed ein paar Zentimeter vor dem Kästchen mit der Bleikristallvase eine Hundertachtziggradwende versucht. Oder sagen wir, es war eine Zweihundertachtzigeurowende. So viel hatte die Vase nämlich gekostet.

Bello ist gestört! Definitiv! Ich habe noch nie ein männliches Wesen sich so schnell bewegen gesehen. Oder etwas so schnell wachsen. Vor allem bei meinem Mann. Das zum Thema Familien-mit-Glied.

"*Nimm dir an dem Vieh ein Beispiel, wenn es darum geht, den Küchentisch abzuräumen!*", fuhr ich meinen Mann mal an. Das musste Bello gehört haben, er erledigte das einige Tage später samt Tischdecke in einem einzigen Augenblick.

Da hängt der Haussegen also eh schon schief, und wie ich gerade die Scherben eines neuerlichen Bello-Exzesses (Nomen es Omen! Bello heißt auf Lateinisch "Krieg", glaube ich) wegräume, raunzt mein Mann aus dem Wohnzimmer herüber:

"Wann gedenkst du eigentlich heuer den Christbaum zu besorgen? Wir haben den 21. Dezember, meine Guteste!"

Ich bin auf hundertachtzig. Grad Celsius, nicht Kehrtwendungsgrade!

"Heuer kommt mir kein Baum ins Haus. Nicht bei diesem Psycho von Hund!", entfährt es mir.

Zwei Tage später steht in unserem Zweimeterfünfzig-Raumhöhe-Wohnzimmer ein Dreimeterzwanzig-Baum. Ich weiß auch nicht, wie das geht, aber irgendwie passt er immer rein. Unten was weg, oben was weg, was nicht passt, wird passend gemacht!

"Und du glaubst, den lässt die Töle stehen?", grinse ich meinen Mann zynisch an?

"Klar! Bello ist ja eh schon viel braver, oder?"

Stimmt sogar. Er frisst jetzt seine Schuhe statt meine. Hat mich zwei Monate gekostet, ihm das beizubringen. Mit kleinen Wurststückchen in seinen Schuhen. Was mich auf eine Idee bringt.

Am nächsten Tag kaufe ich Bellos Lieblingshundestreichwurst und streiche den Christbaum an einigen strategisch günstigen Stellen am Stamm und an den oberen Ästen ein und schmücke den Baum mit all dem Zeug, das ich schon lange los sein wollte. Zum Beispiel mit der großen, schon überall mit Wachs verdreckten Lieblingskugel meines Mannes. Die hatte schon seine Mutter am Baum, als er noch ein Kind war. Und er hängt dran. Wenn die Kugel ihrerseits nicht dranhängt, am Baum nämlich, kannst du das ganze Fest vergessen. Ich hänge sie heuer schön hoch und sehr gut sichtbar. Und daneben hin kommt etwas Streichwurst.

"*Du hast den Baum ja schon geschmückt!*" freut sich mein Götter-gatte. "*Und meine Lieblingskugel ganz vorne hingehängt. Du bist ein Schatz!*"

Worauf du wetten kannst, denke ich. Laut aber sage ich:

"*Ja, aber bitte lass uns das Zimmer absperren bis morgen, damit unser Sohn ihn vor der Bescherung (und das wird eine!) nicht sieht, okay?*"

"*Klar!*" Mein Mann freut sich wie ein kleines Kind. Eigentlich tut er mir schon ein wenig leid. Aber das muss heuer sein. Und wenn der Hund die Küchenmaschine, die er mir vermutlich kaufen wird, gleich mit zerlegt, soll's mir auch recht sein.

Heiligabend. Fini-Tant vom Zug geholt. Hat jetzt die Haare kurz. Sie ist ja doch lernfähig. Nur zwanzig Minuten mit dem Auto, aber ich bin über das Weltgeschehen in Strießhofen jetzt umfassend unter-richtet. Und so froh, als er sie mir an der Haustüre abnimmt und ich mich ins abgesperrte Zimmer begebe, den Baum nochmal nach-wurste und die Beleuchtung einschalte. Heuer keine Wachskerzen. Dann läute ich das Glöckchen. Und sehe unter dem Baum mein Päckchen. Das ist nie und nimmer eine Küchenmaschine! Sieht eher wie ... irgendwas Weiches aus.

Und dann geht alles sehr schnell.

Familie kommt ins Zimmer. "*Ah! Oh! So ein schöner Baum!*"

War es auch. Für genau zehn Sekunden, dann riecht Bello die Wurst. Ich könnte jetzt ja beschreiben, wie es danach aussah, aber die von euch, die einen Irish Setter haben, können es sich auch so vorstellen. Und die, die keinen haben, wollen es sich nicht vorstellen!

181

Ein Glück war ja nur, dass sich selbst ein komplett gestörter Hund nicht mit einer Seidenkrawatte an einer umgestürzten Christbaumleiche aufhängen kann. Nein, der nimmt sich lieber das weiche Paket vor, das mit dem ehemals schwarzen Abendkleid, das jetzt eine Hundedecke ist.

Die einzige, die mit ihrem Geschenk Freude hatte, war die Fini-Tant. Strickwesten kann man nie genug haben, bei so einem Hund.

Impressum:

Inhalt © Dipl. Ing. Günter Leitenbauer

Email: guenter@leitenbauer.net

ISBN: 9-783748-146681

Herstellung und Verlag:

BoD- Books on Demand, Norderstedt